ちくま学芸文庫

帝国の陰謀

蓮實重彦

JN259315

筑摩書房

目次

Ⅰ　私生児　009
Ⅱ　陰謀　027
Ⅲ　決断　045
Ⅳ　署名　063
Ⅴ　議長　083
Ⅵ　喜歌劇　099
Ⅶ　反復　117

あとがき 137
文庫版あとがき 141
書　誌 150
解　説（入江哲朗） 151

帝国の陰謀

I

私生児

かつて一国の王妃の地位にあった高貴な女性を母親としてこの世に生まれながら、父親によっては認知されがたい不義の子として誕生とともに母親から遠ざけられ、ごく曖昧な人物の戸籍に嫡子として登録されると、父方の祖母に引き取られて成長し、もって生まれた血統の正しさとは無縁の世界でそれなりの名声を築くにいたったひとりの「私生児」が、壮年にさしかかってから、母親を同じくする義兄にめぐりあうことで、あたかもそれが予定の行動ででもあったかのように、政治権力の中枢へとみずから転身をはかる。国王と王妃とを両親とする正統な皇太子であるにもかかわらず、国際的な政治力学の複雑な推移に煽られて王室にはとどまりえず、近隣諸国への亡命生活を余儀なくされていた同年配の義兄が、名誉ある一族の復権という野心の実現に当たって、政治家としてはさして長いキャリアを誇るわけでもない「私生児」の義弟に、ひそかな協力を求めたからである。

その政治的な野心の達成に力を添えてほしいとの要請を受け入れるには、なお、幾多の軋轢がありはしたが、義兄にとっては必ずしも祖国とは呼びがたい国家の政権を非合法的な手段によって奪取するという企てに加担する覚悟を決めた「私生児」の義弟は、クーデタの実行に当たって、冷徹で現実主義的な黒幕の役割を演じることになるだろう。義兄弟が手をたずさえての陰謀は成功し、義兄は皇帝の座におさまる。「私生児」の義弟も、その成立に手を貸した帝国の権力機構の中枢に身を置き、内務大臣から立法院議長といった要職を歴任するだろう。したたかな社交術を心得ていたこの「私生児」は、皇帝となった義兄にもまして帝国の繁栄を謳歌し、晩年と呼ぶには早すぎる壮年期にロシア大使に任命され、スラヴ系の名家の娘と結婚し、義兄が皇帝の座から追われる数年前に、その優雅で波乱にみちた五十数年の生涯を終えることになる。

高貴な身分にある母親の密通を人目から隠すために「里子」に出され——実は、周知の事実となるのにさしたる時間はかからなかったのだが——、いわば「捨て子」でもある「私生児」として他人の家族の一員たることを余儀なくされながら、やがてその国の権力の一端を掌握し、その中枢に身を置くことにさえなるこの男の一生は、どこかしら折口信夫の「貴種流離譚」を思わせぬでもないし、また、フロイトの「家族小説」の概念を発展させたマルト・ロベールによる小説理論のある側面を忠実になぞっているかにもみえる。また、あえてマルト・ロベールを持ち出すまでもなく、この「私生児」の行動に「エディプス的」な機制を認めることはたやすいのだが、しかし、神話でも小説でもなく、ましてや臨床例ですらなく、いまから一世紀半ほど前のフランスの「第二帝政期」と呼ばれる一時期に、まぎれもない歴史的な現実として生きられたこの「私生児」の政治的な生涯を、物語の説話論的な構造分析を通して、その無意識の領域にいたるまで周到にたどり直してみることがさしあたっての興味の中心ではない。

なるほど、「双生児」的と呼んでもさしつかえあるまいこの一組の義兄弟による非合法的な権力奪取の物語は、かつて、『小説から遠く離れて』で分析したことのある一九七〇年代から八〇年代にかけての日本の長篇小説の説話論的なモデルにはなはだ似かよっている。とりわけ、「宝探し」の冒険談における双子の兄弟の協力の挿話との類似は否定しがたく、フランスの「第二帝政期」と日本のポスト産業化社会とのひそかな通底性に言及したい誘惑にかられはするが、その事実の指摘もいまはさして重要でない。やがてその点に立ち返ることにはなろうが、これからここで試みられようとしているのは、帝国の権力を掌握したこの「私生児」によって書き残された二つの文章を読むことにつきている。彼が、義兄に請われて内務大臣に就任したばかりの一八五一年と、それを辞任して立法院議長に収まっていた一八六一年とに書かれた二つのまるで異質な文章を、十年の歳月の隔たりにもかかわらず、同じ書き手の同じ筆先が綴ったテクストとして読んでみることが、さしあたっての興味の中心なのである。

もちろん、文学の歴史に名を残したわけではない権力者の文章だから、それが高度な芸術的達成と見なされうる理由はいささかもないし、その隠された文学的な意義を発見しようといった目論見もこの言説の意図ではない。内務大臣と立法院議長を歴任した「私生児」の書き残した二つのテクストの、奇妙に縺れあった関係の解読こそがここでの目的にほかならず、それには、それぞれの筆遣いの質の吟味とも、そこに語られている内容の分析とも、あるいは、その象徴的な意味の把握とも異なる読み方が要請されることになるだろう。だが、そうした作業にとりかかる以前に、分析の対象となる二つの文献の著者をめぐっての情報をいま少し整理しておく必要があるだろう。

一国の内務大臣や立法院議長を歴任しているくらいだから、これから読まれようとしている二つのテクストの著者は決して無名でないばかりか、当時ほどではないにしても、いまなお充分に知られた名前を持っている。ここではとりあえず、その名前と彼自身との関係が正統的なものとはいいがたいという事実を改めて指摘して、さらに話を進めることにする。というのも、その事実が、それぞれのテクストの著者としての署名と関係してくることになるからだ。

実際、元オランダ王妃オルタンスとフランスの将軍フラオー伯爵との「私生児」として一八一一年十月二十三日にパリで生まれ、翌日、旧制度下で騎士の称号を持っていたサン・ドミンゴ出身のドモルニー某の戸籍に入籍し、その名前を受け継いでシャルル＝オーギュスト＝ルイ＝ジョゼフとして成長することになるこの「私生児」は、いかなる特権的な地位におさまろうと、生涯、「他人の名前」を自称しつつ過ごす身分にとどまり、「父の名前」からは遠ざけられ続けるしかないだろう。彼が「他人の名前」に刻み込みえた唯一の個人的な修正は、姓ドモルニーの「ド」を「モルニー」から切り離し、そこにいささか貴族めいた色調を漂わせた事実につきている。

だが、一八五一年十二月二日というクーデタ当日の日付を持つ純粋に行政的な公式文書に「内務大臣ド・モルニー」として署名している彼は、権力を一手に掌握した義兄の権威を全国民に知らしめるという実践的な効果が期待されている極めて政治的な行動においてすら、あくまで「他人の名前」によって振舞わざるをえなかったのである。ド・モルニーという固有名詞が、彼自身の血統とはいっさい無関係に与えられたとりあえずの名前にすぎない点はいま見たとおりだし、それに、ド・モルニーという貴族的な署名にもかかわらず、内務大臣として新たな行政措置を提起しているのが、皇帝の義弟でもある高貴な「私生児」にほかならぬ事実を知らぬ者も、誰ひとりとしていなかったのだ。

　その政治的な文書とともに読まれようとしているいま一方のテクストは、クーデタの敢行から十年後の、一八六一年五月三十一日に立法院議長の官邸で上演された一幕もののオペレッタ・ブッファの脚本なのだが、議長のド・モルニーその人が、公式の行事の余暇を喜歌劇の台本の執筆に当てていたことはよく知られている。政治的というよりひとまずは芸術的な文章に分類されようこのテクストには、しかし、「立法院議長ド・モルニー」の署名は見当たらない。同じ年にミッシェル・レヴィ書店から刊行された書物にも、「ド・サン＝レミ氏とオッフェンバック氏」との共作によるオペレッタ・ブッファと記されているにすぎないのである。しかし、その「ド・サン＝レミ氏」なる名前がド・モルニーの筆名にほかならぬこともまた、すでに周知の事実だったのである。

　だとするなら、実践的な効果を持つべき政治的な文書を「他人の名前」で署名し、気晴らしを目的として書かれた芸術的な「手すさび」を他人の名前ですらない「偽の名前」で署名することになる人物の身分を保証するものは、いったいどこにあるといえるのか。

実際、さまざまな機会に人目に触れることになるこの「私生児」の名前は、彼自身が受け継いでいる血筋とはどこまでも異質なものなのである。ことによると、この高貴な「私生児」は、自己同一性の曖昧さそのものが一つの武器ともなりうる時代の到来を予感しており、あえて「匿名性」に徹することで、そうした時代の支配的な風潮と折合いをつけていたのかもしれない。いずれにせよ、彼が人目を避けるかたちで生まれたのは、由緒ある家系につらなる国王を頂点とする権力構造が、フランス大革命によってひとまず視界から一掃された時期にあたっており、いまや、血統の正しさとは異なる何らかの権威が社会の組織化に要請されようとしていたことは、間違いのない事実なのである。

密通によって不義の子シャルル＝オーギュスト＝ルイ＝ジョゼフを生んだ元オランダ王妃オルタンスが、ボナパルト家の一族に連なる人物であることは誰もが知っている。だから、この「私生児」の母親は、王妃といっても、絶対主義王政下の由緒正しい王家の血統とは無縁の存在だといわねばなるまい。事実、オルタンス・ド・ボーアルネが政略結婚によってフランス皇帝ナポレオンI世の弟ルイ・ボナパルトの妻となったのは一八〇二年のことであり、彼女の夫がオランダ国王であったのも、一八〇六年から一〇年にかけてのほんの数年間にすぎない。ルイ・ボナパルトが、国王としての短い在位期間に王妃オルタンスとの間にもうけた嫡子が、ド・モルニーの義兄にあたるルイ゠ナポレオンなのである。一八五二年から一八七〇年にいたる二十年近くの間、皇帝ナポレオンIII世としてフランス「第二帝政期」の権力を掌握することになるのはもちろんそのルイ゠ナポレオンなのだが、やがて内務大臣ド・モルニーとして彼の政権奪取を助ける「義弟」が生まれたのは、その誕生の数年後、オルタンスがすでに王妃の地位を追われてからにすぎない。

だが、正統な嫡子である兄と「私生児」の弟とが出会うのはまだまだ先のことである。ナポレオンI世が百日天下の後にセント・ヘレナ島への流刑に処され、由緒あるブルボン王家のルイ十八世が王位に復帰して名実ともに王政復古期が訪れると、ボナパルト家に連なる人物は、法律によってことごとくフランスの国籍を剝奪され、ルイ＝ナポレオンもまた、母親のオルタンスとともにサヴォワからスイスへと亡命せざるをえなくなる。ところが、その義弟は、同じボナパルト家の血を引きながらも、「他人の名前」を名乗る「私生児」であったが故に市民権を失うこともなく、ド・モルニー伯爵としてフランスにとどまりえたのである。

こうして、青年時代の義兄弟の行動の軌跡は、しばらくの間、交わることのない平行線をたどることになるのだが、それがまぎれもないかたちで交差する一八五一年のクーデタにいたるまでの決して短くはない歳月を、ここで詳細に再現してみるには及ぶまい。さしあたって触れておくべきなのは、「王政復古期」から「七月王政期」にかけてのフランス社会の変化に余裕をもって対応し、優雅な身のこなしと冷静な判断力によって徐々に頭角をあらわしてゆく「私生児」ド・モルニーの自信にみちた姿勢とは対照的に、この時期の嫡子ルイ＝ナポレオンの存在はほとんど人に知られてはおらず、ときに人目に触れる振舞いを演じることはあっても、そのことごとくが、児戯にも等しい滑稽な身振りであるかのような印象を与え続けていたという点だろう。

実際、大ナポレオンの弟ルイ・ボナパルトの死後、ボナパルト派の総意によって第一の帝位継承者と認められながら、皇帝ナポレオンの専制など遥か昔の悪夢だとする認識が広く行きわたっていたフランス社会においては、皇太子ルイ＝ナポレオンのスイスにおける言動に注意を向けるものなど誰もいなかったといってよい。

もちろん、ルイ＝ナポレオンは、自分がナポレオンⅢ世たる資格の持ち主であることを印象づけるため、さまざまな振舞いを演じて見せはする。だが、そのほとんどは、敬意のこもった期待感を人びとのうちに植えつけるどころか、軽蔑に近い冷ややかな反応を惹き起こすことしかなかったのである。たとえば、いきなりイタリアでの独立派の蜂起に加担するかと思うと、スイスの砲兵術をめぐる分厚い書物を著してあらゆる人に送りつけるので、これには、イギリス亡命中の父親さえ顔をしかめざるをえない。また、忠実なボナパルト派のペルシニーと出会い、帝国の再興を期したのはよいが、思ってもみない時期にストラスブールで挙兵してあっさり失敗し、国王ルイ＝フィリップによって国外に追放されるといった失態を演じる始末なのだ。こんどはイギリスに居を定め、英国の貴族たちとの交際に精を出すのだが、また性懲りもなくブローニュに渡って蜂起を試み、苦もなく捕らえられてしまうのだから、ルイ＝ナポレオンの名はようやくあたりに流通し始めたものの、それは、もっぱら嘲笑の対象としてにすぎない。かと思うと五年ものあいだ幽閉されていた城砦から改装工事の石工に化けて脱出するといった冒険小説めいた振舞いに成功し、世間をあっと驚かせたりもする。ところが、自由の身になるが早いかこんどは貧困をめぐる書物を出版し、皇帝の三代目は社会主義者だといった噂があたりをかけめぐることになる。

こうした一連の振舞いが、「七月王政下」のフランス社会で、まともな意図にもとづく一貫した政治的な行為とはみなされなかったのも当然だろう。かくしてルイ＝ナポレオンは、誰もが安心して話題にしうる公然たる嘲笑の対象となる。

一方、元オランダ王妃オルタンスが真の母親だと知らされた青年ド・モルニーは、ボナパルト派への接近など試みたりはせず、母の名にちなんで「あじさい」（オルタンシア）の花をあしらった紋章を作らせるとみずからド・モルニー伯爵を名乗り、旧制度下の貴族の後裔といった余裕ある身のこなしで社交界での成功をかちえている。職業としては軍隊を選び、「七月王政下」には騎兵将校としてアルジェリアを転戦し、後に重要なポストにつく軍人たちと親交を結び、退役後には実業界に移って砂糖工場の経営でしかるべき資産を築くにいたるのだから、貴族的な雰囲気を漂わせつつも、彼はブルジョワ的な計算高さを抜け目なく身につけていたようだ。やがて、立憲君主ルイ＝フィリップに接近し、宰相ギゾーの庇護のもとに選挙に立候補して「国民議会」に議席を得ると、オルレアン派に属しながら、共和主義にも理解を示す穏健な立場をとることになるだろう。

かくしてド・モルニーは、政治的にも社交的にも将来を約束された人物として、成功への道を歩み始める。この時期、二人の義兄弟が蒙る評価がまさに対照的なものであることは、誰の目にも明らかである。誇大妄想的と呼ぶほどの狂気じみたひらめきもなく、かろうじて道化的と形容するほかはない「嫡子」ルイ＝ナポレオンのうちに確かな未来が約束されていると思う者など、おそらくはボナパルト派においてさえ、ほとんどいなかったに違いない。おそらく、「七月王政期」の末期に、この対照的な義兄弟はロンドンで初めて出会っているらしいのだが、二人の反応は、ともにごく冷ややかなものであったという。未来のフランス皇帝は、オルレアン派の義弟を信用するそぶりを見せなかったし、未来の内務大臣も、度重なる蜂起に失敗している義兄を信頼すべき理由など持ちうるはずもなかった。

そこに、二月革命が勃発する。一八四八年二月二十四日、国王ルイ＝フィリップの退位は、正式の共和制の宣言こそ三カ月後のことになるとはいえ、ボナパルト一族の国外追放を正当化していた法律の消滅を意味している。いまや、皇太子ルイ＝ナポレオンは大手を振ってフランスに戻り、憲法制定議会に立候補する権利すら手にしたことになったわけで、以後、二人の義兄弟の関係のみに視点を絞るなら、事態は急速に発展するだろう。義兄のフランス帰還によって、義弟との平行線はまがりなりにも交わることになるからだ。

十二月十日の選挙で、おおかたの予想を裏切ってルイ＝ナポレオンがフランスの初代大統領に選ばれてから、三年後にクーデタの成功のために二人が協力しあうまではもう一歩である。一八四九年の初め、「嫡子」は「私生児」に謁見の特典を与え、正式に言葉を交わすことになるだろう。「国民議会」に政治的な基盤を持たぬ大統領は、オルレアン派の義弟さえ味方につけねばならなかったのだし、義弟も義弟で、権力の側に身を置くことの甘美さを回避すべき理由などあろうはずもなかったからである。実際、同じ年の四月には、二人は「毎日出会っている」ほどの仲になっている。だが、大胆なのはここでも義弟のほうであり、義兄は、帝国再建の野望は持ちながらも、どちらかといえば優柔不断な姿勢をまもり続けている。事実、ド・モルニーは、親しい女性に「帝政だけがこの国を救えるが、大統領はまだその決心をしていない」とさえ書き送っている。巷にクーデタの噂が流れ始めるのも、そのころのことである。第二共和制の憲法は、大統領の任期を四年と定め、再選を妨げており――一期後の再選は認められている――、ルイ＝ナポレオンが権力の座にとどまる方法は、非合法的な政権の奪取しか考えられなかったからである。だが、ストラスブールやブローニュでの滑稽な挙兵の失敗の記憶が、その噂から現実感を奪っていたし、「国民議会」の実力者シャンガルニエ将軍が軍隊を握っているという安心感が、政界を混乱から救ってもいた。

だが、今度は違うとド・モルニーはつぶやく。この俺が背後に控えているのだから、事態はこれまでとは異なる展開を示すだろう。義兄には「父の名前」ナポレオンがあり、自分には「他人の名前」ド・モルニーがある。この二つの署名によって、フランスはわれわれのものとなるだろうと「私生児」は確信している。要は、「嫡子」がこの確信を共有することにあるが、それにはいささかの時間が必要かもしれぬと、彼は自信を持って自分に言い聞かせる。かくして、新任の内務大臣ド・モルニーが公式文書に晴れがましく署名し、その紙片が政治的な威力を発揮すべき時期が刻一刻と迫っている。

陰謀

II

一八五一年十二月二日、早朝から家を出たパリ市民は、壁という壁に、いま貼られたばかりといった風情の何枚もの印刷物を目にとめ、怪訝な顔つきで立ちどまる。この季節では、あたりに明るさが拡がりだすのは八時を待たねばならないが、それでも、折からの雨をついて仕事に急ぐ労働者たちが貼り紙の前に群がっている。フランス語の綴りの読める者だけが理解しえた文面からすると、いずれも大統領による緊急の決断を告げる三つの異なる印刷物が存在するらしい。

一つは、「国民に告ぐ」というかなりの長文で、大統領ルイ＝ナポレオン・ボナパルトが署名している。二つ目のものは、それよりもやや短く、同じ署名者が「兵士たちよ」と軍隊に呼びかけたもので、これは主に兵営のまわりに貼り出されている。三つ目の最も短いものは大統領の「布告」であり、署名者はもちろんルイ＝ナポレオンなのだが、そのかたわらに、初めて内務大臣ド・モルニーの署名が認められる。とりあえずこれを「文献Ⅰ」として日本語で再現してみると、その文面はほぼ次のようになるだろう。

「文献Ⅰ」

フランス国民の名において、
共和国大統領は以下の条項を布告する。

第1条　「国民議会」は解散する。
第2条　普通選挙は再実施される。五月三十一日の法律は廃止される。
第3条　フランス国民は十二月十四日から十二月二十一日までの間に選挙投票所に出頭されたい。
第4条　第一陸軍師団の全領域に戒厳令が布告される。
第5条　国務院は解散する。

第6条　内務大臣は、本布告の実施の任を負う。

一八五一年十二月二日
エリゼ宮にて記す
ルイ＝ナポレオン・ボナパルト
内務大臣
ド・モルニー

なお、同じ日付を持つこの種の文書としては、実際に貼り出されたのは翌三日のことになるが、新内閣の構成を知らしめるための印刷物がこれに加わることになるので、大統領ルイ＝ナポレオン名義の文書は合計四つある、とするのがより正確かもしれない。さらに、警視庁長官モーパの署名を持つ「パリ市民へ」と、内務大臣ド・モルニーの署名を持つ「市長各位」の二つを併せて読むことで、このクーデタの主役たちの考えのあらましが明らかになるだろうが、ここでの目的は、この非合法的な手段による政権奪取のメカニズムそのものの分析ではなく、あくまで「私生児」ド・モルニーが書き残したとされる文章を読むことにあるので、とりあえず、全国の「市長」にあてた内務大臣の公式文書を「文献Ⅱ」として、長さをいとわずその全文を日本語に訳してみることにする。

「文献Ⅱ」

内務省

パリ、一八五一年十二月二日

市長各位

フランスの運命と未来とを決定すべく、全国民は選挙投票所への出頭を要請されている。

今日の日付を持った布告は、十二月十四日から来る十二月二十一日までに、人民の出頭を要請している。貴殿の権限の及ぶ範囲内で、民意の自由にして自発的なる表明を容易ならしめ、かつ、正常なものとすべく努めねばならない。

本官は、ごく簡潔な言葉で、貴殿の使命の性格がいかなるものかを想起せしめ、以下の点に貴殿の注意を促さねばならない。

投票台帳への記入の開始

投票の受付

投票結果の集計

投票台帳への記入の終了と送付

「投票台帳への記入」　□月□日の布告を受け取り次第、市役所の受付に二種類の投票台帳を記入可能な状態におかねばならない。そのうちの一方は、人民の批准に委ねられた採決の「諾」の台帳であり、他方は「否」の台帳である。

この台帳は、当通達の付属書類「1」および「2」と同型であれば、どんな紙を使ってもよい。

第一の投票台帳のそれぞれのページの冒頭に「諾」、第二の投票台帳のそれぞれのページの冒頭に「否」と書き込まれたい。

それぞれのページにナンバーをふり、花印を押されたい。

人口過密な地域においては、市役所に複数の投票台帳をおくことができる。

これらの投票台帳には、記入開始の日時を記し、布告の第3条に決められているとおり、投票受付の一週間の有効期間とその最終期限を明示しなければならない。

以上の第一の手続きが終わり次第、市の人通りの多い複数の中心部で、通常の通知手段、すなわち、貼り紙と太鼓を打ち鳴らしての発表によって、投票は一週間の間、朝八時から夕刻六時まで行われる旨、住民に知らしめねばならない。

「投票の受付」　年齢二十一歳以上で民法上の権利ならびに参政権をそなえたあらゆるフランス国籍の持主は、投票の権利を持つ。一八五〇年五月三十一日の法律は廃止され、普通選挙が再実施されるのである。従って、一八四九年三月十五日の法律によって作成された有権者リストに応じて、投票を実施しなければならない。

とはいえ、このリストが作られてから、かなりの数のフランス人が二十一歳に達している。彼らから投票権を奪うのは不当なこととなろう。従って、貴殿が個人的に投票権ありと認定するか、参政権をもつ二名の者がそうと証言する場合は、投票を許されてしかるべきである。

市長各位にあっては、可能な限り、投票に立ち会われたい。また、席をはずす場合には、助役なり市議会議員一名なりにその代行を委任されたい。

投票の方法はごく単純なものである。

布告の内容に賛成の者は、「諾」の投票台帳に姓名を記入するか、誰かに記入してもらえばよい。

それと反対の意見を表明したい者は、「否」の投票台帳に姓名を記入すればそれでよい。

投票にあたっての投票者の自発性と独立性は、あらゆる者によって順守されねばならない。貴殿にはそれを監視する義務があり、いかなる程度のものであれ、投票者の自由が損なわれかねない操作や暴力行為があった場合は、官憲の力をかりてこれを鎮圧しなければならない。国家主権に関するこの重大な行為の実施にあたって、諸党派の熱狂、盲信、策略、野心といったものがその性質を歪めることがあってはならない。

「投票結果の集計、投票台帳への記入の終了と送付」　一週間の有効期間の期限切れの後、市長各位におかれては、二つの台帳への記入を終了せしめ、それぞれの台帳に表明された投票総数の集計を台帳の最後に記入されたい。

両台帳と集計結果とは、即座に郡長のもとに送付されねばならない。

「会計報告」　布告の実施に必要とされた経費は、布告の第6条に記されているとおり、各自の申告、または登記所の徴税吏、直接税事務所の徴税吏の受領証の提示によって、しかるべき機関によって払い戻されるだろう。

市長各位は、本布告の実施を監視すべき治安判事によって与えられる指示に正しく従っていただきたい。そして、この実施を、本官は各位の確かなる祖国愛に委ねる。

内務大臣
ド・モルニー

各市長にあてられたこのド・モルニーの書簡には、文中に触れられているごとく、「諾」「否」二つの投票台帳のモデルが付されている。その形式をここで正確に再現してみるには及ぶまいが、「第一台帳《諾》」、「第二台帳《否》」と書かれた用紙のそれぞれに記された文面は、一語を除いてまったく同じものである。前者では「下記のように提案された決意表明に肯定的に答えた市民の名前は次のとおり」とある部分の肯定的にの一語が、後者では、いうまでもなく、否定的にと変わっているだけなのである。それに続いて、民意を問われるべき「決意」の内容が掲げられているが、それは、日本語に移し変えてみる価値のある部分だろう。

フランス国民は、ルイ＝ナポレオン・ボナパルトの権限の維持を望み、□月□日の彼の宣言に提起された基盤に基づいて新憲法を作成するために必要な権力を、彼に譲渡する。

この引用と「文献Ⅱ」の日付の部分がともに空欄になっているのは、この翻訳が、実際には使用されることなく、パリの国立図書館に保存されていた「市長」あての書簡と「投票台帳」に基づいてなされたからにほかならない。その空欄にペンで日付が書き込まれた瞬間にクーデタが現実のものとなるのだが、そこに書き込まれるべき数字が「十二」と「二」であることはいうまでもない。

クーデタとはいえ、「私生児」ド・モルニーが一八五一年十二月二日に署名した二つの公式文書は、その文面をたどるかぎり、共和制という現行の政治体制の廃止を唐突に宣言するものではいささかもない。共和国大統領の地位にとどまる

「嫡子」ルイ＝ナポレオンに、憲法改正にあたっての全権を委任するか否かの国民投票が、あくまで「民主的な」手続きに従って遂行されることが求められているだけなのである。新任の内務大臣ド・モルニーは、いかにも政治の主役はフランス国民だといわんばかりの語彙を連ねながら、独裁的な帝政への移行という彼自身の最終的な目論見を巧みに人目から隠し、穏健な行政官としての姿勢を装い続けている。

いずれにせよ、ここには、権力の理不尽な行使をほのめかせたり、政権維持の絶対的な正当性を印象づけようとするような語句は、間接的な表現としてさえまぎれこんでいない。実際、「投票にあたっての投票者の自発性と独立性」は尊重されねばならず、「投票者の自由が損なわれかねない操作や暴力行為」は断固として排除さるべきだとさえ強調されているのである。しかも、「文献I」には、二百五十万人以上の有権者から不当にも参政権を奪う目的で成立した前年の選挙法が廃止され、「普通選挙」が回復されると書かれているし、一八四八年六月に、労働者や社会主義者たちの蜂起を圧殺した反動の巣ともいうべき「国民議会」の解散が語られているのだから、この呼びかけは、朝早くから仕事にでかけるパリの民衆にとっては、むしろ「結構なこと」とさえみなされかねぬものである。

事実、ド・モルニーの筆遣いには、自分の署名した文書がいささかも国民を混乱に陥れることがないばかりか、かえって、国民の参加によって新たな秩序の確立が約束されているかのように読まれるための、繊細な配慮がほどこされている。この際、「国民議会」を悪者にすることが、ルイ＝ナポレオンの権威にとっていかなる不利な要素ともなりがたいという確かな判断が彼にはあるからである。それは、大統領が地方に巡行した場合、司令官の制止を振り切って「皇帝万歳」をとなえる兵士達の潜在的な期待感からも明らかだし、また、第二共和制の憲法の条文の不備からしても間違いのない事実だと内務大臣は考える。それに、院内の共和主義者や「アカ」と呼ばれる外部の社会主義者との対応に明け暮れる王党派系の「城主」——ヴィクトル・ユゴーの戯曲にならって、「国民議会」の保守的な実力者たちはこう呼ばれていた——どもは、いざというときに一つにまとまり、大統領に反撃を試みる余裕など持ってはいまい。

二月革命直後の憲法制定議会が、各党派の代表者たちを専門委員として制定した第二共和制の憲法は、「国民議会」を純粋の立法府と規定し、直接の国民投票によって選出される大統領に、行政府の長としての内閣を組閣する権限を与えている。それは、いうまでもなく、フランス大革命の精神と合衆国の民主制とをモデルとした憲法なのだが——トックヴィルが憲法の起草委員の一人であったことを思い出しておくのも無駄ではあるまい——、立法府と行政府との対立を調整する条項を欠いていたので、大統領の意を体する政府と「国民議会」とはことあるごとに対立し、国政は停滞するほかはない。「国民議会」にほとんど政治的基盤を持っていないルイ＝ナポレオンは、その対立の煽りを受けて、大統領府エリゼ宮の接待費さえままならぬ財政状態に陥るのだが、それだけに、悪政を断行する余裕すら奪われている彼は、いまだ国民に対して「手を汚して」いないとさえいえる。

早くから帝政への移行を進言していたド・モルニーが強調するのはその点である。彼は、大統領が非合法的な手段で権力を一身に集中しても、国民の支持は間違いなく得られるものと確信している。事実、補欠選挙に当選した小説家ウージェーヌ・シューを、危険な「社会主義者」として国外に追放したのも「国民議会」の「城主」どもであり、ジャーナリズムの反対にもかかわらず普通選挙を廃止した責任も、立法府たる「国民議会」にある。さらには、大統領が提案した普通選挙回復の要請を投票で拒否したのも「国民議会」なのだから、誰が民主主義の真の味方であるかは、いまや国民の目には明らかになったはずである。それ故、「国民議会」を解散しても、深刻な事態にはたちいたるまいというのがド・モルニーの読みなのである。独裁的な体制への移行を必須のものと考えている「私生児」は、そうした判断を何度も義兄に開陳している。非合法的な手段に訴えようとする決断をためらい、ことを穏便に処理しようとしていたのは、むしろ、大統領のほうだったのである。

すでに触れる機会もあったように、第二共和制の憲法は、大統領の任期を四年、「国民議会」のそれを三年と規定しており、それに従うなら、「国民議会」の最初の解散は一八五二年五月二十八日に予定されており、総選挙はその一月前に行なわれるというのがさしあたっての政治日程となる。いっぽう、再選を禁じられた大統領の任期は、本来であれば同年十二月九日までのはずだが、ルイ＝ナポレオンの政治的な影響下での総選挙をなんとしてでも避けたい「国民議会」は、その任期の期限切れを七カ月早めるという特例を議決し、大統領がそれに従うことを要求する。

かくして、一八五二年の四月から五月にかけて、立法府の新たな勢力分布と新たな行政府の長とが投票によって決定されることになるのだが、ルイ＝ナポレオンは、再選を妨げている共和国憲法にもかかわらず、自分が大統領選挙で当選した場合、「国民議会」は憲法を改正してでもそれを批准せざるを得まいとの楽天的な望みを捨ててはおらず、「余は、それ以上のことを望んではいない」とさえ公言している。冷酷さにおいては遥かに徹底している義弟ド・モルニーの度かさなる帝政移行への勧めに耳を貸さない大統領は、あくまで合法的な手段による政権維持の望みを捨ててはおらず、さまざまな世論操作によって憲法の改正を議会に働きかけ、非常手段の行使にはどこまでも懐疑的なのだ。だが、「国民議会」

の一部の賛同を得たうえで多数派工作にさえ成功したものの、第二共和制憲法が憲法改正には四分の三の賛成を必要とすると決めているので、最終的にはこの工作も挫折し、憲法改正の望みは断たれてしまう。一八五一年七月のことである。あくまで「国民議会」との妥協の道を模索していた「嫡子」ルイ＝ナポレオンは、このとき初めて「私生児」ド・モルニーにこう告白したという。「あなたの意見に賛成せざるをえないだろう。余もそのことを真面目に考え始めている」。一八四八年に、神と国民の名において共和国への忠誠を誓った大統領が、いま「真面目に考え始めている」という「そのこと」が何を意味しているかは、あえていうまでもなかろう。

このとき、「私生児」は、権力の座にとどまり得るなら、それが大統領であろうと一向にかまわないと思っている弱気な「嫡子」に、初めて現実的な決断を促すことに成功する。大統領が真の権力を行使するには、対立する権力機構としての立法府を蹂躙せねばならず、それなくしては、いかなる権力の維持も実践的な意味を持たないだろうし、それが、第二共和制の憲法の不備から導きだされる当然の結論にほかならない。そのとき、陸軍大臣として軍隊を掌握すべき信頼するに足る軍人サン＝タルノーを、この義兄弟はすでに陰謀に引きいれている。

かくして現実主義者の義弟は、律義なまでに議会制民主主義にこだわる優柔不断な義兄に、皇帝として君臨するしかない必然を理解させることに成功する。近代国家における最初のクーデタとして歴史的な意味を持ち、少なからぬ数の後世の野心家たちに有効なモデルを提供することになるこの陰謀が、「父親の名」と「他人の名」にまつわる「双生児」的な兄弟の巧みな連携によって実現されている事実を、ここで改めて思い出しておくことにしよう。

III 決断

陰謀の実行を翌朝に控えた十二月一日の晩を、ド・モルニーが、オペラ・コミック座の桟敷で、喜歌劇『青髭の城』の初演につめかけた観客たちとともに過ごしていたというエピソードは、すでに歴史的な事実として多くの書物に語られている。実際、政治家としてよりも社交界に多くの人脈を持つ伊達男として名高い大統領の義弟にとって、この華やかな雰囲気に包まれて落着き払っているのが、最も自然な振舞いなのだろう。その「自然さ」がこのうえなく「不自然な」政変を準備していたという点に、この陰謀の一つの特徴的な側面が認められるのかも知れない。

事実、少なからぬ数の証人が、この夜のド・モルニーのさりげない言動を意味ありげに指摘している。最も人目につきやすい特等席の最前列で、貂《てん》のコートを羽織ったままオペラ・グラスを弄びながら、舞台よりも、一人の若い金髪女性に視線を注ぎ続けていたとか、幕間にその桟敷まで挨拶に訪れたさる上流階級の婦人に向かって、大統領が「国民議会」を「一掃」するのかとの噂に触れつつ、かりにそんなことが起これば、自分は間違いなく「一掃」する「帚《ほうき》」の柄にしがみつくので御安心を、と述べたとか、その日の朝はブローニュの森のジョッキー・クラブでいつものように優雅な乗馬を楽しんだとか、いまさら真偽のほどを確かめてみるにも及ぶまい幾つもの挿話が、余裕ある大胆さ、あるいは果敢な冷静さといったイメージを彼の人影にまとわせている。こうした断片的な挿話は、だが、陰謀の成功にとって、いちがいに無視しえないある種の真実を伝えている。いずれも、多くの人が翌朝の貼り紙によって内務大臣に任命されたことを知らされる黒幕的な人物が、顔色ひとつ変えることもなく、落着きはらって社交的な振舞いを演じ続けていたことへの驚きを強調しているからである。

ド・モルニーその人が、そうした大方の反応にいくぶんかの誇りを覚えていたらしいことが、彼自身の書き残した文章からもうかがわれる。

思うに、私にはある種の特殊な素質が備わっており、それは、こうした類いの行動にあたって、なにがしかの価値を発揮するものだ。まず第一に、私は剛毅なまでに冷静である。そのため、自分自身が狼狽することもなければ、他人を狼狽させることもない。次に、身の危険を冒してまである決断を下した場合、もはやつまらぬ細部に気を奪われることなく、私はひたすら目的の達成のみを心がけることにしている。何ごとをも顧みず、その目的のために総てを捧げるのである。

この時期の政治的な舞台を華やかに彩った人物にしてはめずらしく、日頃から日記をつける習慣もなく、回想録を綴る暇もないまま他界したド・モルニーが、例外的にこの陰謀に言及しているこのノートの断片に読みとれるのは、政治家というより、むしろ賭博の才にたけた冒険家の心構えのようなものだ。「断言するが、私がいなければ、クーデタは絶対に起きえなかっただろう」とまで胸をはる義弟のことを、義兄がいささか「でしゃばり」だと思うのも当然かもしれない。

また、かつてボナパルト派であったためしもなく、一時はオルレアン派の代議士でさえありながら、王党派の理想など一度たりとも信奉したわけではない「私生児」にしてみれば、シニカルなまでの日和見主義的な利害から陰謀に加担しているだけなのだから、長い亡命生活によって培われた「嫡子」の「センチメンタルな自由主義」が歯痒くてならなかったのだろう。事実、権力奪取が成功するための条件として、クーデタを断行してから最も早い時期に、「国民議会」の実力者や軍隊に影響力のある将軍たちを逮捕し、時を移さず監禁すべきだとする主張に大統領がなかなか賛意を示さなかったとき、ド・モルニーは、陸軍大臣に予定されていたサン゠タルノーとともに、いまだに奇麗事で事態を処理しきれると夢見ている義兄の判断の甘さを激しく糾弾することさえ辞さないのである。

こうした義弟の断固たる決断ぶりは、まるで、義兄が、詰め腹を切らされてクーデタに踏み切らざるをえなかったような印象さえ与えかねないほどなのだが、彼自身が「こうした類いの行動にあたって、なにがしかの価値を発揮する」ものとして誇っている「ある種の特殊な素質」の由来を、その血筋によって説明しようとする試みもないではない。事実、「私生児」ド・モルニーを捨てた父親フラオー将軍もまた、大革命期から王政復古期までをしぶとく生き抜いた策士として記憶される宰相タレイランの落し種だったので、さすがにこの男、伊達にタレイランの血を引いているわけではないといった感想が、ときおり研究者の口から漏れたりもするのである。

なるほど、豪胆でありながらも冷静きわまりないド・モルニーの振舞いを遺伝によって納得することもあながち不可能ではあるまいが、非常時には「なにがしかの価値を発揮する」といわれる彼の「ある種の特殊な素質」とて、権力者の義兄と出会わぬかぎり、後になって自慢の対象となるほどの有効性は発揮しえなかったはずである。つまり、この陰謀は、まったく性格の異なる二人の義兄弟の協力によって初めて成功すべく運命づけられたドラマであり、その際、タレイランの非公式の孫の役割は、あくまで黒幕に徹し、主役である皇太子の潜在的な資質を最高度に引き出すことにかかっていたのであり、そのことを誰よりもよくわきまえていたのは、ほかならぬド・モルニーその人なのだ。彼がオペラ・コミック座の桟敷に姿を見せていたのも、そうした配慮の現れにほかならない。
ちょうど同じ時刻に、大統領府エリゼ宮では、ルイ＝ナポレオンを主役としての恒例の夜会で、華麗に着飾った招待客たちの人影が、晩餐後の引き延ばされた快楽を満喫するように揺れているはずである。翌朝起こるだろう不吉な出来事に感づいているものは、まだどこにもいない。

ある文人の回想によると、ド・モルニーは舞台の途中で桟敷から姿を消したことになっているが、背後から誰かに耳打ちされて険しい表情で席を立ったとする証言は、どうも出来すぎているように思う。いずれにせよ、着飾った礼服のまま真夜中すぎに人影の絶えたエリゼ宮に到着した彼は、かねての打ち合わせどおり、まっすぐ大統領官房目指して階段を昇ってゆく。そこでは、いままさに陸軍大臣になろうとしているサン＝タルノーと警視庁長官に予定されているモーパが、ルイ＝ナポレオンを囲んで最後の打ち合わせに余念がない。間違いなく同席しているのは、官房長のモッカールのみであり、忠実なボナパルト派の長老ペルシニーは、証言によっていたりいなかったりする。

モーパの回想によると、この深夜の会合はごく短いものだったという。事実、あらゆることは、すでに念入りに相談されており、あとは実行を待つのみである。軍隊による「国民議会」の包囲、実力者たちの逮捕、「布告」をはじめ何種類かの印刷物をパリ中に貼り出すこと、それら総てが翌朝の七時までに行われねばならない。軍隊は、陸軍大臣サン゠タルノーが指令を出せばすぐにも配置につける。だが、秘密の漏洩を恐れて最後まで大統領の官房に置かれていた「布告」その他の文章の印刷を、明け方までにしあげなければならない。

ルイ゠ナポレオンは、表紙に《ルビコン》と書かれた書類をおもむろに開き、ド・モルニーが「例の紙切れ」と呼んでいたものに最後の視線をはせる。「文献I」、「文献II」としてすでに紹介しておいた内務大臣が署名する文章が「例の紙切れ」に含まれていることはいうまでもない。それらは総て国立印刷所に送られ、一人の印刷工が絶対に全文を読めないような複雑な順番で活字に組まれてゆくだろう。刷り上がった貼り紙はそのまま警視庁に送られ、午前七時前にはパリ中に貼り出される手筈が整っている。こうして、あらゆる作戦は予定通りに遂行されるのだが、ここで、ごく最近の技術的な改良によって威力を増した輪転機による印刷法が、この陰謀の成功に大きく貢献したことはいいそえておかねばなるまい。彼らのクーデタを可能にしたものの一つは、まぎれもなくテクノロジーの進歩なのである。

書類《ルビコン》の中身が印刷所に送られたところで、この深夜の会合は終わりとなる。あとは、それぞれの持ち場で、決められた役割を演じ切ればよい。大統領は、選ばれた協力者たちを前にして、いくぶんか感傷的な表現で、成功は間違いないとつぶやく。いままさに内務大臣になろうとしているその義弟は、ごく事務的な言葉で同じ内容を繰り返す。

それからの数時間をド・モルニーがどんなふうに過ごしたかは明らかではないが、彼が十二月二日の午前六時ごろに、エリゼ宮からはかなり離れたグリュネル街の内務省を、多くの厳めしい人影に護られて訪れたことだけははっきりしている。早朝から軍隊に包囲されて事態を掌握しかねている内務大臣のトリニーに向かって、まだ貂《てん》のコートを羽織ったままだったかもしれない大統領の義弟は、義兄の署名した書簡をさし出しながら、自分を新任の内務大臣だと紹介する。その言葉で、相手に内務省からの退去を促しているのはいうまでもない。もちろん、呆気にとられている前任者に、その在任中の功績を鄭重な言葉でたたえ、慇懃な感謝の一語を添えることを忘れたりするド・モルニーではない。

こうして、一八五一年十二月二日の早朝、共和国のあらゆる権力を一手に掌握することに成功した大統領の義弟は、かねての予定通り、内務大臣として歴史的な書類に署名する実質的な資格を自分のものにしたことになる。

この決定的な一時期に内務大臣の職にあるということは、何を意味しているか。首都での情勢の推移に関わりなく、地方の動静を掌握すればよいということだ。しかるべき混乱が予想されぬでもないパリでの秩序維持の指揮を、比較的知名度の低い警視庁長官のモーパに委ね、もっぱらフランス全土の行政組織の統轄に当たるというのが、内務省の最高責任者に課された役割なのである。

もとより熟慮の末の決断であるこの権力機能の分担によって、パリの上層部に少なからぬ知人を持つ社交家のド・モルニーは、官憲を動員しての抵抗の排除や政敵の一斉逮捕といった「汚い仕事」で手を汚す気遣いもなく、ひたすら超然と事態の収拾に当たればよいことになる。モーパとの綿密な協議によって作り上げた逮捕者リストに従って六十八人の政敵の自由が拘束され、これといった流血の事態も起こることなくヴァンセンヌの城塞へと送られていたころ、ド・モルニーは新たな住居となった内務省のバスルームで、徹夜の疲れを悠然と癒していたという。

「国民議会」の解散が大統領の名において宣言され、議会の建物が軍隊によって包囲されるという不測の事態に対処すべく、政治的な集会の禁止に逆らい、パリの各所で反ボナパルト派の議員のグループがひそかに集会を持って対策を協議したのはいうまでもない。誰もが、ごく自然に、大統領の「布告」を無効にする宣言を起草し始めるのだが、保守的な王党派の「城主」たちはバリケード戦による流血の惨事を恐れてパリ市民の蜂起を促す勇気もなく、憲法に違反した大統領の資格停止という法的な処置を訴えるのみであり、これが何の力も持ちえないことは当然だろう。

いっぽう、いわゆる「左派」は、ブランキをはじめとする指導的なメンバーが獄中にいたり、外国に亡命中であったりして、有効な手段を見いだしえぬまま、六十人ほどの共和主義者が警察の目を逃れつつ、対策を協議するのだが、遅れて到着した詩人ヴィクトル・ユゴーの起草した宣言文をかろうじて採択しえたのみである。

ルイ＝ナポレオンは裏切り者だ。
彼は憲法を蹂躙した。
自ら無法の徒となり果てた。
共和派の議員は、国民に、憲法六十八条と百十条を想起されよと告げたい。

国民は普通選挙権を手にした。これは、永遠に手放してはならぬ。謀反の徒を懲らしめるのに、これ以外の原則は必要としていない。

共和国万歳。憲法万歳。武器を取れ。

四八年の「六月」に「武器を取った」市民たちに「議会」がどんな対応を示したかを記憶している者なら、到底口にしがたい「宣言」である。ましてや、「普通選挙」の廃止に賛成投票した詩人が即興で書き綴るこんな言葉に誰が本気で耳を傾けよう。もっとも、そんな集会が一つや二つは持たれても不思議ではなかろうと高を括っていたド・モルニーは、念のため、パリのあらゆる印刷所を閉鎖しておいたので、「宣言」は肉筆のまま何部かコピーされたにとどまる。だから、モーパから寄せられる「社会主義者の集会、後を絶たず」との情報にも、内務大臣はひたすら泰然としている。事実、この「宣言」の写しと僅かな印刷資金を隠し持ってパリ中を避難して歩く共和派の議員たちは、約束の番地に到達する度に数を減らしてゆき、ついには「宣言」の起草者ユゴーさえ姿を消してしまう始末である。「抵抗委員会」が組織されながら、共和派議員ボーダンのバリケードでの死にもかかわらず、大統領と「国民議会」との争いに労働者たちは至って冷淡な反応しか示しはしないだろう。

一時は武装蜂起を夢想しもした詩人ヴィクトル・ユゴーは、「武器を取る」べき「国民」と出会うこともなく亡命せざるをえない。彼の詩想が綴りあげた「宣言」など、推敲されつくした大統領と内務大臣の「布告」の簡潔な饒舌には、到底敵うべくもなかったからである。やがて、亡命先の英仏海峡の小さな島から、詩人は「皇帝ナポレオンⅢ世」の個人的な「犯罪」を糾弾する詩篇をフランス国民に向けて幾つも発信することになるだろう。しかし、かつては「盟友」でさえあった「小ナポレオン」の裏切りに対する詩人の個人的な正義感の発露が、「帝国」を揺るがすものとなりがたいのは当然だろう。

にもかかわらず、十二月の二日から三日にかけてのパリの町は騒然たる雰囲気に包まれ、他国の外交官や特派員の目には、クーデタの首尾はいまなお明らかなものに思えない状況が続いている。だが、警視庁長官モーパの狼狽ぶりにもかかわらず、陸軍大臣サン＝タルノーと内務大臣ド・モルニーは落着きはらって事態を静観している。彼らの目論見は、街頭にある程度の混乱を招来せしめ、秩序を求める市民の声の上がるのを待ち、頃合いをみはからって「自由と解放」のために軍隊を投入し、騒乱の徹底的な鎮圧と危険分子の一斉検挙に踏み切ることにあるからである。懲罰のためには多少の暴動が必要であり、事と次第によっては、あえて騒乱を扇動する用意さえ整っていたのだ。クーデタの成功は、たんなる権力の掌握にとどまらず、あくまで国民の支持を獲得することにある。

事実、事態はそのように推移し、逮捕者は全国で二万五千人を超え、パリでは四日ごろ、地方ではほぼ七日か八日にすべてが秩序を回復する。ロンドン亡命中のカール・マルクスに『ルイ・ボナパルトのブリュメール十八日』を書かしめた二人の義兄弟による「陰謀」は、かくして呆気なく成功をおさめる。十二月二十一日と二十二日の「国民投票」において、七百万を超えるフランス国民はルイ＝ナポレオンの「布告」を支持し、彼の独裁的な権力を承認するだろう。それに「否」と答えたものは僅かに六十万票、棄権がかろうじて百万を超える程度であったにすぎない。これが戒厳令下の投票であったこと、選挙人名簿が不備のまま投票が行われたこと、等々、当時から今日まで、この「国民投票」の正当性を疑問視する論者は跡を絶たない。たとえば、マルクスは、パリ市民の抵抗に恐れをなしたルイ＝ナポレオンが、「文献Ⅱ」に示されていた記名投票制度を急遽無記名投票へと変更したことで、バリケードでの武装闘争からブルジョワジーと商人階層が手を引き、それがクーデタの成功の一因だとも述べている。だが、「ナポレオン神話」といわゆる「ルンペン・プロレタリアート」層との結託という事実の指摘とともに、ある種の真実を衝いてもいるマルクスの分析も、今日では「指導的国民投票」と呼ばれるこの政治的な儀式の現実には充分に届いてはいない。

いずれにせよ、無記名投票への変更という応急処置が、内務大臣ド・モルニーによるものであることはいうまでもないし、その変更も、軍隊と警察には及んでいないのである。また、マルクスが、クーデタ勃発とともに逮捕された顔触れをかなり詳細に伝えているにもかかわらず、十二月二日の「布告」に義兄とともに署名しているド・モルニーの名前をほとんど無視している点に、その分析の鋭さにもかかわらず、『ブリュメール十八日』という書物のある種の現実感の希薄さが露呈しているのも事実なのである。この政変が、義兄弟の協力による陰謀であり、どこまでも「ナポレオン思想」を信奉する義兄の理想主義を、そんなものなど端から信じていない義弟のシニカルな日和見主義が技術的に支えていたという事実は、その成功の無視しがたい要因だといわねばなるまい。「伯父のかわりに甥」を主役とした二度目の「笑劇《ファルス》」というマルクスの診断以上に、ここには、父を同じくしない義兄弟の協力というエディプス的な要素が加わっていたこともまた、否定しがたい事実なのである。

それから数カ月後、ルイ＝ナポレオンは新憲法を発布し、国民から委託されていた「独裁権」を形式的に放棄するのだが、それが、大統領制から帝政へと向かう着実な第一歩であることはいうまでもない。実際、大統領の皇帝即位の是非を問う十一月の「国民投票」では、さらに多くのフランス国民が彼に信頼を寄せることになるだろう。かくしてフランスは、ほんの数年の共和制の試みの後、国民のほぼ総意に近い信任を得て、「帝国」へと移行する。「第二帝政期」と呼ばれるむなしくも華やかなこの時代の記述は、しかし、この文章の目的ではない。われわれは、ここで、一八五一年に「私生児」ド・モルニーが書いた二つの文章に戻らねばならない。

Ⅳ 署名

書類《ルビコン》として大統領官房にひそかに保管され、十二月一日の真夜中過ぎに印刷所に送られたというのだから、内務大臣ド・モルニーの署名が認められる一八五一年十二月二日付の二つの公式文書は、そのいずれもが、紙面に記された日付よりも遥か以前に起草されていたことは間違いない。とするなら、印刷を目的とした文面が、推敲の過程で、おそらくは複数の意志による検討をへたうえでひとまず完成原稿として書き上げられ、その末尾に名前が記された瞬間に、署名者ド・モルニーはいまだ内務大臣でさえなかったわけだし、文面そのものが、彼一人の意志の反映だと断ずることもまた不可能だろう。大統領の義弟にあたる「私生児」の書き残した文章を読む作業は、その事実から始められねばならない。

ところで、十二月一日の深夜の大統領府での秘密の会合を見るまでもなく、ド・モルニーがその起草に積極的に関わったことは当然予想されるものの、これらの文章がクーデタの首謀者たちの複数の意志の合作であることは否定しがたい事実だろう。しかも、翌朝、ド・モルニーがいささか荒っぽい手段で内務省を乗っ取り、その執務室に身を落着けたとき、この二種類の文書はすでに効力を発揮しているのだから、大統領ルイ゠ナポレオンとともにその義弟が署名した「布告」(「文献Ⅰ」)にせよ、内務大臣名義の「市長各位」(「文献Ⅱ」)にせよ、そこでの署名が極めて形式的なものにすぎないことは明らかである。

だが、あらかじめ決められた日を目指して周到な下準備が行われていた非合法的な政権奪取が問題なのだから、そもそも、その「形式性」の故に、これらの署名の法的な正当性を疑問視するのは無意味である。われわれとしては、むしろ、そうした純粋な「形式性」のうちにこそ署名の真の意義があるとする時代の到来が、このクーデタによって立証されている事実に注目したい。

肝心なのは、権力者の決断を国民に知らしめる目的で綴られたこれらの文書に権威を与えるものが、執筆者の署名という「起源」ではないという点である。そもそも、ここでは、文章の「起源」たるべき署名という行為は現実には演じられてさえおらず、印刷された名前は、むしろある種の行為の「結果」であることが明らかなのだ。つまり、「現実」の十二月二日に「現実」の内務大臣としてのド・モルニーが「現実」に署名したことで「布告」と「市長各位」が権威を持つといったかたちで事態は進展していない。「現実」にはそんなことは起こらなかったにもかかわらず、「形式的」には十二月二日に内務大臣ド・モルニーが署名したものと読める文書が大量に印刷され、それがフランス全土に発送され、あるいは公共の場に貼り出され、あるいは公式文書として通達され、いずれにしても、あらゆる人の目に平等に触れうる状態に置かれたことの「結果」として、ド・モルニーの名前が権威を帯びるにいたるという、まったく逆のメカニズムが始動しているのである。ところで、その「逆のメカニズム」は、いったいどのようにして作動可能なものとなるか。

このとき、人は、いささか唐突ながら「ドゥルーズ的」な主題の圏域で目覚めつつある自分を発見せざるをえない。二人の義兄弟によって企てられた十九世紀中葉の陰謀は、二十世紀フランスの哲学者ジル・ドゥルーズの筆が素描することになる「シミュラークル」の概念の輪郭に律義におさまるかのような振舞いによって、成就しているからである。というのも、本来なら一つの文章の「起源」とみなさるべき署名が、執筆者によってはいかなる瞬間においても書きつけられたためしがなく、しかも、「形式的」な虚構にすぎないその名前が、印刷された大量のコピーとしてあたりに流通することでしかるべき現実感を獲得するとき、「起源」を欠いた「反復」としての印刷された名前を、人は、ドゥルーズに倣って「シミュラークル（＝模像）」と名づけることもできるからである。そのとき起こるのは、あたりに流通する「シミュラークル」が、「形式的」な虚構にすぎなかった「起源」を量的に現実化するといったいささかシニカルな事態にほかならない。これこそまさに、その人柄を多くの論者がシニカルなものと見なした「私生児」ド・モルニーにふさわしい署名ではなかろうか。

ここでいう「起源」を欠いた「反復」とは、別の言葉に置き換えれば、模倣すべき「モデル（オリジナル）」を持たない「イメージ」だとしてもよかろうが、西欧の形而上学の伝統にとって、そうした「シミュラークル」の類いは、真の思考に値しない「まがいもの」にほかならない。『差異と反復』や『意味の論理学』のドゥルーズが、この「シミュラークル」の概念を再評価して、積極的に哲学にとりいれたことはよく知られている。義兄弟二人の企てた陰謀は、その「まがいもの」の「シミュラークル」こそが唯一の政治的な現実であることを、はからずも立証してしまったのである。事実、十二月二日付の文書における「形式的」な署名者としてのド・モルニーの名前は、「起源」としてのオリジナルな署名を「モデル」に持たぬまま大量に印刷され、あたりに散布され、おびただしい数の視線に触れつつ「反復」される「イメージ」として、クーデタの成就に貢献しているではないか。

ここで見落としえないのは、「布告」と「市長各位」にこめられている内容を徹底周知させ、事態をその方向に沿って推移せしめるという政治的な力学にあっての力の「起源」が、その「反復」された「イメージ」としての署名の「シミュラークル」にほかならず、内務大臣ド・モルニー本人の体現する政治的な権威などではいささかもないという事実なのである。一九六〇年代の終わりに、その形而上学批判の一環としてドゥルーズが再評価した「シミュラークル」は、すでに十九世紀の中頃から、フランスにあってはまぎれもない現実として政治体制を変化させてさえいながら、歴史はそれに言及することを長らく避けてきたのである。

だが、一八五一年十二月二日のクーデタがわれわれに開示する二十世紀的な主題は、ドゥルーズの「シミュラークル」のみにとどまらない。それを明らかにするために、「布告」の文面そのものに戻ることにしよう。

「私生児」ド・モルニーが「嫡子」のルイ＝ナポレオンと連名でフランス国民に向けて語りかけた内容がどんなものであったかを、ここで改めて想起してみると、全部が六条からなるその「布告」が、総体として、ある種の言語理論に従って「行為遂行的（performative）」と呼ばれるにふさわしい文章であることがすぐさま明らかになる。「共和国大統領」を主語として、国民議会の解散、普通選挙の再実施、投票の期限、首都圏の戒厳令、国務院の解散、「布告」実施にあたっての責任者の指名、という六項目は、いずれも、事実の報告ではなく、大統領の権限においてそうした事態が実現さるべきことを国民に呼びかけた、一種の命令と理解すべきものである。事実、「国民議会は解散する」をはじめとして、この六項目はすべて実現されている。従って、「国民議会は解散する」という文章を口にすることは、この場合、その事実を「伝達」しているというより、「国民議会の解散」という行為を現実に行うことにほかならず、そのような発言を、イギリスの哲学者J・L・オースティンは、「事実確認的（constative）」な文章と区別して「行為遂行的」と呼んでいるのである。

「スピーチ・アクト」と呼ばれる理論の確立に当たって、「行為遂行的」という新たなカテゴリーを導入することで、ことがらが「真」であるか「偽」であるかの二者択一を不断に要請する古典的な「命題」の支配から言表行為を解放したという点で、オースティンの提案が、今日の言語哲学にしかるべき貢献以上のものをもたらしたことはいうまでもない。ただ、「行為遂行的」という概念の正当性を立証する過程で、彼にとっての「真」の「行為遂行的」な発言と、「失敗」もしくは「不幸」の語を用いて「偽」と呼ぶことこそ回避してはいるものの、最終的には「偽」であることとさして変わらぬ「行為遂行的」発言との差異を際立たせる作業のあまりの周到さが、かえって「行為遂行的」の概念を痩せ細らせ、その不自由さが提案の新しさを帳消しにしかねない点が惜しまれるのである。つまり、厳密たろうとするその姿勢そのものによって、「真」か「偽」かの古典的な二者択一ともいうべきものに改めて陥るしかないオースティンは、「行為」を言語的な「伝達」の影の位置に追いやり、その思考から「出来事」を排除することになり、その結果、「何ごとかを言うことは、何ごとかをすることである」というみずからの主張を裏切っているかにみえるのだ。

かかる惜しむべき結果をもたらすオースティン的な「厳密」さとは、「行為遂行的」な発言が「不適切」なものとみなされることがないための「条件」を検討する場合の彼の身振りに露呈されている。『言語と行為』に従うなら、「ある一定の慣習的な効果を持ち、一般に受け入れられた慣習的な手続き」が存在し、それが「発動」された場合、「人物および状況がその発動された手続きに対して適当」なものであり、しかも「その手続きは、すべての参与者によって正しく……かつ、完全に実行」されねばならない、というのがその必要条件なのである。そうした条件に違反しない限りにおいて、「行為遂行的（performative）」な発言は成就されることになるのだが、そのとき、「出来事」として生起するはずの「行為（act）」そのものは、「コンテクスト」を前提とした意図の「伝達（communication）」の領域にふたたび回収されるしかないだろう。

彼は、「行為遂行的」な言説を担う者と、その言説を受け止める者とがともに容認している「慣習的」な「コード」が維持されない限り、その「行為」は成立しないと主張する。すなわち、前提とされた「コンテクスト」を破壊しかねぬ「特殊な状況下の一大変動」などにあたっての発言は、それを「真」の「行為遂行的」な発言とは認められないとしているのである。

そうしたオースティンの視点に従うなら、十二月二日に発せられた「布告」と「市長各位」は、正しい「行為遂行的」な発言とは到底見なしえない。それが非合法的な権力奪取の陰謀である限り、署名者が「慣習的」な手続きを一方的に無視するのは当然だからである。にもかかわらず、十二月二日の早朝に多くのパリ市民が目にした貼り紙の内容は、行為として完全に遂行されている。オースティンによるなら、そこには明らかにある種の「強制」が行われており、そうした「条件下の行為」は、「厳密には行うとは言えないものでもありうる」ということになろうが、成功したクーデタにあっての大統領と内務大臣の「布告」が行われた行為ではないとすると、彼のいう「行為遂行的」な言説とはいったい何なのだろうか。

もちろん、われわれは、ド・モルニーの署名が読みとれる「布告」と「市長各位」を「行為遂行的」な言説とみなさないことを不当だと主張したいのではない。それが「行為遂行的」な発言であると否とにかかわらず、その文面に書き綴られていたことがらはまぎれもなく実現されており、しかも、「布告」には、事と次第によっては「強制力」が発揮されるだろうとも読める内容が語られており、そのことさえが実現されているという点が、われわれの興味を惹く。たしかにコンテクストそのものは覆され、日常的な慣習も揺らいで例外的な状況が出現しているのだが、それにもかかわらず、ここで「何ごとかを言うことは、何ごとかを行うこと」だとする原理は貫徹されており、それが可能であったのは、人びとが、「強制」すらが日常化されうる革命、または反革命といった非常時の「慣習」なるものを心得ており、「布告」と「市長各位」とは、まさしくそうした「慣習」を共有しつつ、しかも、それに最もふさわしくあろうとして書かれた文章だからである。

そうした非常時の「慣習」をいっさい考慮に入れまいとする権利をオースティンは持っているが、それに固執する代償として、その「行為遂行的」の概念が「歴史」に背を向けざるをえなくなるのも致し方あるまい。「行為」が「出来事」たることを逸し、「コンテクスト」を前提とする「コミュニケーション」に回収されるしかないとは、そうした反＝歴史的な理論の特性にほかなるまい。オースティンの「不適性」の条件を修正しながら、あらゆる「行為遂行的」な発話は決まって「権威の行為」であるとのべるエミール・バンヴェニストは、その間の事情にある程度は敏感だったといえるかもしれない。

「スピーチ・アクト」理論における「行為遂行的」の概念を批判的に「脱構築」しようと試みたのが、たとえば、『署名 出来事 コンテクスト』のジャック・デリダであることはよく知られている。オースティンの弟子のJ・R・サールとの論争にまで発展したこの論文にあってのデリダの批判の中心は、音声による記号と書かれた記号との本質的な違いを考慮することなく、しかも、後者が前者の再現として同じ秩序におさまるのを当然のこととして議論を進めるオースティンの姿勢に向けられている。

繰り返すまでもあるまいが、デリダのエクリチュール理論とは、口頭的なコミュニケーションにあっては絶えず「現前」している主体が書かれた記号にあっては決定的に不在であり、それが故に、プラトンいらい、西欧の形而上学にあっては、長らく文字は「不完全」なものと見なされていたのだが、まさに、こうした主体の「現前性の不在」こそが、書かれた記号に、音声によるコミュニケーションが持ちえない積極的な秩序を賦与することになるという事実の上に築かれている。事実、書かれつつある瞬間に受け手は不在であるし、読まれつつある瞬間にも書き手は不在である。そうした点で、話し手も聞き手も同時に話される声を聞きうるという事態とはまったく異なる状況がそこに出現しており、主体の「現前性の不在」は、文字によるコミュニケーションに、声によるコミュニケーションをモデルにはしがたい時間的かつ空間的な「ずれ（différance）」を絶対化せずにはおかぬからである。「ずれ」とは、書かれた記号に対する主体の「遠隔化」、あるいは主体に対する書かれた記号の「遅延化」といったものにほかならず、それに「差延」という訳語をあてることも現在では常識化されている。

こうした「ずれ」の絶対化は、書かれた記号を現在へと係留せず、ひたすら「漂流」するにまかせ、話す主体と聞く主体がそれぞれの「現前性」において「コミュニケーション」の前提としていた「コンテクスト」を曖昧化し、ひいてはその慣習性をも解消してしまうだろう。主体の「現前性の不在」によって「ずれ」を生きるしかない書かれた記号は、「遠隔化」し、「遅延化」しながら、ある種の無責任性の領域へと「散種」され、「コミュニケーション」そのものさえ覆してしまうだろう。だから、「行為遂行的」な言説が成立しうる必要条件としてオースティンが列挙したものは、文字による「コミュニケーション」にはまったく妥当しないという点に、ジャック・デリダによるJ・L・オースティンへの批判のすべては要約されうるだろう。

　書かれた言葉の無責任な「漂流性」にまったく無防備ではなかったオースティンは、文字による発言には「発言者の署名を書き添え」ねばならず、それを怠った場合、「文字による発言を口頭による発言におけるのと同じ仕方でその発言原点に結びつけることができない」とさえ注記している。「私生児」ド・モルニーが二十世紀イギリスの言語哲学者と出会うのはこの瞬間である。ここで「発言原点」とされているのが、これまでに文章の「起源」としての署名とわれわれが呼んできたものと同じであることは明らかだろうが、「起源」としての署名さえ、書かれた記号である限りは「ずれ」の絶対化を生きるものであり、従って、「発言者の署名を書き添え」ねばならぬという指摘が、デリダの反論に耐えうるものとはいいがたい。

しかし、ここで注意を喚起したいのは、『署名 出来事 コンテクスト』の執筆を待つまでもなく、一八五一年十二月二日付の「布告」と「市長各位」の「形式的」な署名者ド・モルニーその人が、J・L・オースティンによる「スピーチ・アクト」理論の構想より一世紀も前に、「行為遂行的」という概念の不備、というよりその抽象的な完璧性を批判しているという事実である。すでに見たことだが、文書の公表さるべき日付に先立って草稿が出来上がり、内務大臣として執務するより遥か以前にその肩書をそえて印刷に回されることで、クーデタの日の早朝に人目に触れることになる文書は、まさに、「遠隔化」し、「遅延化」し、つまりは「漂流」するしかない書かれた記号の体現する無責任な「ずれ」によって「コンテクスト」を覆し、しかも、「何ごとかを言うことは、何ごとかを行うことだ」という未知の現実を、人びとに等しく納得させてしまったからである。

一八五一年十二月二日の二人の義兄弟によるクーデタは、その首謀者たちが、内務大臣たる「私生児」の義弟はいうまでもなく、大統領である「嫡子」の義兄さえ、不可視性に徹してほとんど人前に姿を見せなかったことで成功したといわれる。つまり、「布告」や「市長各位」の「形式的」な署名者は、主体のラディカルなまでの「現前性の不在」によって「行為」を演じ、陰謀を成就させたのである。二人が崩壊せしめた「第二共和制」は、「憲法制定議会」の席上で、議長の口から公式に宣言されたものであり、それを権威づけたものは、まさしく声の「現前」にほかならなかった。そうした「現前」の儀式をあえて避け、日付も署名も「形式的」なものにすぎない印刷物による「布告」を選択した義兄弟二人は、デリダの「エクリチュール」理論の発表より遥か以前に、書かれた記号と話された記号との本質的な差異を充分に心得ており、署名すらが文章の「起源」たりえないと確信している。であるが故に、その言明を多量な印刷物として、文字通り「散種」せしめ、「コミュニケーション」の前提たる「コンテクスト」を曖昧なものにして、「行為」を「事件」たらしめたのである。

オースティン＝デリダ論争は、といっても、オースティンはすでに他界しているので弟子のサールが代役を演じることになったのだが、この論争は、一九七〇年代にではなく、一八五〇年代に起きても不思議ではなかったし、一八五一年十二月二日のクーデタを主題とすることもできたはずである。にもかかわらず、「私生児」と「嫡子」の陰謀という現実の「事件」から、「スピーチ・アクト」理論や「エクリチュール」理論を一人として学びえなかったのは、いったいどうしてなのか。マルクスさえが、これを二度目の「笑劇《ファルス》」と見なして高を括り、陰謀のまぎれもない成功をめぐって事の本質を見抜けなかった理由は何なのか。

理論的な考察は、絶えず「歴史」に遅れて進むしかないものだ、というのが一つの説明である。だが、それにもまして無視しがたい理由は、この「帝国の陰謀」を、「共和国」フランスにとっては恥ずべき「私生児」と見なし、政治的な「現実」だとは納得しない伝統が、今日もなお生き続けているということが考えられる。つまり、これについて言及すべき「コンテクスト」が存在しておらず、「コミュニケーション」を成立させる条件すら存在していないのだ。そのとき、われわれは、ジャック・デリダが書かれた記号を「私生児」に譬えていたことを思い出す。「孤児として誕生のときからすでにおのれの父親の立会いから分離されたエクリチュール」というその「本質的漂流状態」において文字を定義するとき、彼は、まるで「私生児」ド・モルニーの存在を記述しているかのようだ。実際、「シミュラークル」がそうであったように、一八五一年という年号は、「私生児」がその「漂流性」において勝利する時代の到来を告げていはしまいか。

V

議長

「布告」に盛りこまれた改革の内容を「市長各位」に明記された手順に従って実行に移された結果、投票の手続きにいくぶんかの変更が加えられはしたものの、有権者の絶対的な支持を得たルイ＝ナポレオンは、一八五二年一月一日、大統領府エリゼ宮を去り、大ナポレオンの帝政の記憶につらなるチュイルリー宮に、執務と生活の中心を移す。フランス国民の承認による一時的な処置とはいえ、「国民議会」解散後に立法府不在のまま新憲法を制定しようとする大統領の振舞いが「独裁的」であることは否定しがたく、この象徴的な地理的移動が、実質的な「帝政」の確立を意味することはいうまでもない。

それに先立つ前年の十二月二十八日に、ド・モルニーは、内務省で一人の社会主義者の訪問を受ける。ジョゼフ・プルードンという名で知られるその訪問者を、着任早々の内務大臣は鄭重にもてなし、「独裁的」な新政権への社会主義的な期待を克明に聞きだすだろう。「社会主義者によって検討されていたもろもろの改革をしかるべく実現する」ことが、七百万票以上の支持をえたルイ゠ナポレオンに課された義務であると宣言する理論家プルードンを、ド・モルニーはいささかも「危険分子」と見なしてはおらず、彼がクーデタの支持者でないことは承知の上で、むしろ互いの利害がある点で一致するものと考えている。

事実、十二月二日のクーデタに当たって、バリケードでの徹底抗戦をとなえる無邪気なヴィクトル・ユゴーを戦術的な展望の無さ故にたしなめたのはプルードンだし、ルイ゠ナポレオンを「卑しむべき冒険家」にすぎないと断じながらも、「政令によって社会改革を実現する」限りにおいて社会主義的な政策ともなりうる政治の原点に位置するものである以上、彼のクーデタを容認すべきだとさえ言明している。また、奇妙で苦しげな内容を持つプルードンの著作『十二月二日のクーデタによって証明された社会革命』の出版を一八五二年の八月に許可することになるのも、ド・モルニーなのである。

ルイ゠ナポレオンの権力奪取に対するジョゼフ・プルードンの曖昧な姿勢を指

摘しながら、「独裁体制」と「社会主義」との蜜月がすでに一八五一年から始まっているといった主張をこと新しげに提起するつもりはまったくない。ここで見落としえないのは、クーデタに際して冷血無比の厳格さで臨んだド・モルニーが、統治にあたってはむしろ柔軟な態度を採用していることである。事実、対立よりは妥協を印象づけ、王党派との協調さえ辞さない内務大臣の調停者的な対応ぶりが、「独裁者」ルイ＝ナポレオンの「革命的」な利用法を模索するプルードンのいささか混乱した社会主義的な言説を、安全である以上に利用価値の高いものとして容認することにもつながっていよう。厳罰に処されるべきものと公言されている逮捕された「危険分子」に対しても、大統領の恩赦による減刑をゆるやかに適用してゆく内務大臣のしたたかさは、「恐怖政治」とは異質の政策となって実施されてゆくだろう。時代は、まぎれもなく「抑圧」から「懐柔」へと向かっており、ド・モルニーが率先して推し進める柔軟な政治姿勢に対する有効な抵抗手段を素描しえた者は、この時、まだ存在していない。

ところで、陰謀の実現に当たって協力しあった「嫡子」と「私生児」との関係は、「帝国」が実質的な成立をみた瞬間から急速に冷却化する。新憲法が公布されたばかりで、それに従っての総選挙さえまだ行われていないという時期に、「七月革命」によって立憲的な王座に着いたルイ゠フィリップの出身家系オルレアン一族の資産を国有化するという決断を下した義兄に同調しえない義弟が、何人かの閣僚を引き連れて、あっさり内務大臣を辞職してしまうからである。いわゆる「一八五二年一月二十三日の政令」事件がそれであり、「第二帝政期」におけるる内閣によるルイ゠ナポレオンに対する唯一の例外的な反抗といってよいこのいかにもド・モルニー的な振舞いの結果、「嫡子」ルイ゠ナポレオンがその「独裁制」の放棄を新憲法下の立法院で正式に宣言することになる一八五二年三月二十九日には、「私生児」ド・モルニーはもはや政府の一員ではなくなっている。

義弟とオルレアン家との親しい関係を快く思わない義兄は、この時期にかなりきわどい内容の手紙を彼に書き送り、脅迫めいた言辞さえ弄している。だが、二人の関係は決定的な破局を巧みに回避しながら、義兄の久しい要請を受けるかたちで義弟が立法院議長の地位におさまった一八五四年、一応の安定を見ることになる。大統領ルイ＝ナポレオンが皇帝ナポレオンⅢ世として君臨することになる一八五二年十二月二日以後も、「嫡子」と「私生児」の関係はごく曖昧なまま維持されてゆく。

ところで、「第二帝政期」の立法府とはなにか。一八四八年の「第二共和制」憲法よりも遥かに簡潔な文面を持つ新憲法によると、「帝国」は三院制とも呼びうる体制によって維持されることになっている。まず、上院と国務院があり、直接投票で国家元首と承認された皇帝によって議員が任命され、それぞれが、法律の条文作りからその決定権を持つものとされる。それに対して、立法院議員は、内閣の影響下でリストを選定された官選の立候補者とわずかな数の自薦の立候補者のなかから総選挙で選ばれ、一応は民意を代表していながらも、その役割は法案の討議に限られ、それを決定する権利は認められていない。従って、「帝国」の権力は上院と国務院に集中しているといってよい。かくして、かろうじて「帝国」の行政組織の外部に位置することになる立法院議長ド・モルニーは、一定の距離を置きながらも、皇帝にとっては貴重な人材たり続けるだろう。

以来、オルセー河岸の官邸は、パリの社交生活の一つの中心となる。われわれが一八五一年十二月二日の日付を持つ「布告」と「市長各位」に続いて読もうとしている第二のテクストの主要な舞台装置となるのも、このオルセー河岸のブルボン宮と呼ばれる官邸にほかならない。

「第二帝政期」の政治的なメカニズムの分析でもなければ、「帝国」の陰謀に加担した黒幕ド・モルニーの伝記執筆を意図しているわけでもないので、一八五一年から一八六一年にかけての十年間に、この官邸の周辺で起こったことがらを詳細にたどる必要はなかろうと思う。さしあたり記しておくべきなのは、クーデタ成功後のフランスならびにその首府パリが、目にみえる相貌においても不可視の構造においても、かつてない変容をくぐりぬけることになるという事実で充分だろう。

地方では、主要な都市を結ぶ鉄道網が充実し始め、一八五五年に万国博覧会の舞台となるパリでは、知事オスマンによる都市計画が実施に移され、近代的な国際都市への第一歩を踏みだす。莫大な設備投資なくしては遂行しえぬこうした近代化のために、銀行の組織強化がはかられ、株式取引所の完備にともない投機熱が異常に昂じてゆく。対外的には、北アフリカに限られていた植民地をインドシナ半島にまで拡大し、イギリス軍とともにクリミア半島にも出兵してロシアの南下をはばみ、オーストリアとの戦争ではサヴォワやニースを併合するだろう。景気の上昇にともない、市民の購買意欲は高まり、それを煽るものとして百貨店が出現し、消費することの快楽を一般市民の間にも行きわたらせる。パリの大通りには芝居小屋が軒を連ね、ヴォードヴィルをはじめとする通俗的なレパートリーが人気を集める。享楽の味を知ってしまったブルジョワジーは、もはや真面目なものには見向きもせず、安易な欲望の充足を求めて歓楽街に繰り出してゆく。ドゥミ・モンドと呼ばれる高級娼婦が、政治や芸術の表舞台に顔を覗かせ、性風俗は階級を超えて乱れるがままとなる。

こうした「帝国の祝祭」にいかにもふさわしい悦楽的な彩りを添えることにな

るのが、ジャック・オッフェンバックの「オペレッタ・ブッファ（喜歌劇）」であることは周知の事実だろう。ユダヤ系のドイツ人でありながら、ほどなくナポレオンⅢ世のはからいでフランス国籍を得ることになるこの作曲家をめぐっては、まさに時代の寵児ともいうべきその名前のときならぬ流通ぶりにせよ、「ブッフ・パリジアン」劇場の桟敷を新作ごとに満員にしたその作品の魅力にせよ、ここで改めて指摘するに値する新たな材料は何もないといってよい。われわれにとっての唯一の興味は、すでに予告されている通り、ド・モルニーがド・サン゠レミの筆名で書き、オッフェンバックがそれに曲をつけたオペレッタ・ブッファの脚本までにたどりつくことをおいてはない。では、「帝国の陰謀」の黒幕とパリ楽壇の寵児とはどのようにして出会ったのか。

立法院議長が「ブッフ・パリジアン」劇場の桟敷にしばしば出没していたことはよく知られている。すでに、一八五一年十二月一日の晩、オペラ・コミック座の特等席に姿を見せていたことからも察せられるように、ド・モルニーは、この種の流行の見世物を欠かしたことがないという社交的な性格の持ち主である。

「文化」にはこれといった興味を示したことのないナポレオンⅢ世とは対照的に、その義弟は、いささか浅薄ともいえるほどの勤勉さで、流行の先端ともいえるスペクタクルの世界に浸りきっている。

「第二帝政期」のパリにおけるボナパルト家の一族は、たとえば皇帝の従妹のマチルド大公妃がそのサロンに芸術家や知識人を庇護し、従兄のナポレオン大公が狩猟や酒席で遊び好きの反教権的な要人をもてなし、といった社交的分業が成立している。その際、立法院議長の専門領域は、劇場の桟敷と舞台裏に巣喰う、いかがわしくはあってもそれなりに刺激的な人種たちとの交流だったといってよい。しばしば言われるように、それが純粋に貴族的な趣味だとは俄かには断じがたいが、いくぶんか悪と退廃の香りが漂わぬでもない「帝国」の暗部に、人目をはばからず堂々と出入りしてみせるといったあたりが、いかにもド・モルニーらしいのかもしれない。いずれにしても、舞台での「上演」という形態に彼が抑えがたい心の傾斜を示していたことは間違いなく、立法院議長の執務室の机の引出しに、何篇かの芝居の脚本が隠されていたという。

何とも興味深いのは、執務の余暇に執筆されたその脚本のほとんどが、古典的な韻文悲劇のような由緒正しいジャンルのものではなく、何とも軽薄なヴォードヴィルめいた軽い気晴らしの見世物ばかりだったことである。重要な会合のために招集を受けて官邸を訪れた要人たちの何人かが、ピアノの伴奏つきで声楽の稽古をしていたり、脚本の執筆中だったりする議長に待ちぼうけを喰ったことも、一度や二度のことではなかったらしい。すでにヴォードヴィルの上演なら何度か手がけている立法院議長のひそかな夢は、その脚本が流行の先端にあるオペレッタ・ブッファとして、本物の歌手たちによって歌いあげられるのをこの目で見ることだったのである。それも、作曲に関しては、何としてでもあのオッフェンバックに頼まねばならない。何度か「ブッフ・パリジアン」劇場の桟敷に通ったのも、そのためではなかったか。相手も、自分が誰であるかは充分承知しているはずだ。こうしてド・モルニーは、その計画を実行に移す。

わが国では『天国と地獄』として知られる『地獄のオルフェウス』の成功で栄光への道を歩み始めたオッフェンバックが初めて立法院議長の官邸を訪れたのがいつなのか、正確なことはよくわからない。おそらくは一八六一年のある日、官邸での一夜の慰みとしてオペレッタを上演したい、その作曲を依頼したい、ついては、およその筋書きはできているので、それを上演可能な脚本に仕上げてくれそうな人物をも紹介して欲しいとの依頼を受けた作曲家は、『地獄のオルフェウス』以来の息の合った協力者リュドヴィック・アレヴィを伴ってオルセー河岸の官邸に参上したのである。

緊張しきった二人が見せられたのは、『シューフルーリ氏、今夜は在宅』という一幕ものヴォードヴィルの脚本である。劇作家としてよりは、メイヤックとの共作によるオペレッタの作詞家として後世が記憶することになるアレヴィは、ちょっとした細工を施せば、それを上演可能な脚本に仕上げるのは決して困難ではなかろうと請け合う。「ブッフ・パリジアン」劇場の歌手たちをそっくり動員し、立法院議長の官邸で上演すれば、彼らにとっても名誉なことだろう。多忙をきわめるオッフェンバックではあるが、ケルン出身のこのユダヤ系のドイツ人にとっても、パリでの権威確立には決して悪い話ではない。こうして、三人の利害は一致し、一八六一年五月三十一日の晩、皇帝の義弟は、自作のごく他愛ない筋立てのオペレッタ・ブッファの上演後、オッフェンバックと並んで、サロンを艶やかに充たす優雅な招待客たちの拍手をあびることに成功する。メキシコへの出兵をはじめとして、皇帝の推し進める外交政策や内政の破綻がいまだ顕在化せず、帝国がかつてない繁栄を謳歌しつつあるかの錯覚が多くの人に共有されていた時期のことである。

この夜の上演をめぐっては、いくつかのエピソードが面白おかしく語り継がれているが、官邸の個室を楽屋としてあてがわれた歌手たちが、珍しく興奮しきって舞台裏をかけずりまわる議長に向かって、あれこれ無理難題をふっかけて豪華な食事を運ばせたといった挿話がどこまで本当のことか、それを確かめる手段はもう残されてはいない。『シューフルーリ氏、今夜は在宅』の稽古がはじまった「ブッフ・パリジアン」劇場の前に、ド・モルニー家の紋章をつけた瀟洒な馬車が毎晩横づけになり、長時間そこにとどまり続けていたといった噂ばなしの真偽も、この際、問わずにおく。誰の目にも明らかだったのは、「自分自身が狼狽することもなければ、他人を狼狽させることもない」と豪語した一八五一年十二月二日の内務大臣の「剛毅な冷徹さ」が、一八六一年五月三十一日の立法院議長にはまるで認められないことぐらいだろう。

同じ年の九月十四日に「ブッフ・パリジアン」劇場で一度だけ再演されたこの作品が、オッフェンバックの音楽的な栄光に何をつけ加えたかは定かでないが、「ブッフ・パリジアン」劇場での成功は認めても、オペラ座では酷評されるといった曖昧な地位にいた彼が、いまや「帝国」の作曲家として公認されることになったのは間違いない。また、作詞家のリュドヴィック・アレヴィも、「脚本」の手入れをしたことを機に、立法院議長秘書の地位に推挙されたのだから、得るところは大いにあったわけだ。「第二帝政」とは、こうした個人的な利害の巧みな調節によって立身出世を約束する社会なのである。

では、ド・サン＝レミと署名した皇帝の義弟ド・モルニーが、この公演からどんな利益を引き出すことが出来たのかとなると、確かなことは誰にも断言しえない。政治的な野心とは無縁でありながらも、発想と決断の才能には恵まれたシニカルな勝負師として、「嫡子」たる義兄を皇帝の座に送りこんだ「私生児」が、立法院議長という名誉職に甘んじて「帝国の祝祭」に彩りを添えることになった深い諦念を、こうした手すさびで紛らわせようというのだろうか。優雅な色事師として社交界で多くの浮名を流し、ル・オン伯爵夫人と呼ばれる外交官の妻を人目をはばかることなく公式の情婦としていた独身のド・モルニーは、ほどなく、ロシアの名家トルベッコイ家の娘と結婚しようとしているのだが、そこにも、なにがしかの変化が感じられぬではない。一幕もののオペレッタ・ブッファ『シューフルーリ氏、今夜は在宅』を、オッフェンバックのメロディーとしてオルセー河岸の官邸サロンに響かせようとしたことは、「私生児」にとっていかなる「行為」の「遂行」を意味しているのか。

VI

喜歌劇

パリはマレ地区の「ブルジョワ的な調度品で飾られたサロン」と指定された舞台装置の中に、序曲が終わるとともに若い女性が登場する。修道院での教育を終えたばかりで、世間へのお披露目を待っているシューフルーリ家の一人娘、エルネスチーヌである。ド・サン゠レミとオッフェンバックによるオペレッタ・ブッファ『シューフルーリ氏、今夜は在宅』は、この若い娘による劇的な状況の説明によって幕を開ける。

一八三三年一月二十四日、今晩はうちでお父様のパーティーが行われ、それも我が家で初めて催される音楽の夕べという忘れられない日になりそうだけれど、その下準備に余念のないお父様より、私は向かいの窓に住むオペラの作曲家バビラスのことが気になってしかたがありませんと語り始めるエルネスチーヌは、「若くはあってもこの私、年の割りにはませております」と自慢してみせてから、

知っております、私でも。およそまともな娘なら、
せめて一人は欲しいもの、恋する男が欲しいもの……、

と歌い始める。彼女は、そうした世間の常識に従って、バビラスとの結婚を夢見ている「まとも」な娘なのである。

だが、二人の恋仲は、まだシューフルーリ氏の知るところとはなっていない。「輝かしい未来」が約束されてはいるとはいえ、暮らしに余裕のない作曲家と娘の結婚など、コメディー・フランセーズの真面目な芝居よりはヴォードヴィルの気軽な笑いを好む年金生活者の金満家シューフルーリ氏が許すわけもないからである。そこで、「わたしは芸術は奨励するが、娘に言い寄る貧乏な芸術家など奨励したりはせん」と断言する父親の目を欺くために、二人だけの特殊な合図を交わして密会することにしている。

その合図が、いかにもオペレッタ的なものであることはいうまでもない。エル

ネスチーヌが得意の歌声で窓越しに父親の留守を伝えると、ファゴットでそれに応じるババビラスが屋根伝いに窓からサロンに入り込み、互いの愛情を確かめあうというのがそれである。父親につれて行かれたヴォードヴィルの芝居で、恋人たちがそうしているのを見たことがあると素直に告白されているこの合図に従ってババビラスが窓辺に姿を見せるところで、全部で十二景からなる一幕もののこのオペレッタ・ブッファの第一景は終わりとなる。父親を「出し抜く」ことが物語の興味の中心となろうことは、「模倣」がその主題の一つであることとともにすでに明らかである。

前半の第八景までは、初めての夜会の準備に追われるシューフルーリ氏の心配ぶりが、面白おかしく描かれてゆく。ちなみに、題名に含まれる「今夜は在宅」という表現そのものが、すでに社交的なパーティーの招待状の決まり文句を「模倣」したもので、「午後九時に拙宅にお越しください」といったほどの意味なのだが、シューフルーリ Choufleuri の綴りがほとんど野菜のカリフラワーを想像させることから、ちょっとした資産を築いて上流階級入りを目論む無知なブルジヨワジーの「模倣」ぶりを笑いのたねとする作者の意図は明らかだが、皮肉と呼ぶほど厳しいものではない。それが「生涯の夢と野心であった」と娘に漏らすシュ一フルーリ氏にしても、「今夜は在宅」と書かれた招待状を「ありとあらゆる大臣や大使に発送してあるが、たぶん多忙で彼らは来てはくれまい」と心得ている程度にはものの道理をわきまえている。もっとも、立法院議長官邸のサロンでの初演の晩、その客席の中には多分何人かの大使や大臣がまぎれこんでいたはずだから、その台詞が楽屋落ちとしての笑いを誘ったであろうことは、想像に難くない。

時代は一八三三年というから、七月王政下のロマン主義的な「町人貴族」ともいうべきシュ一フルーリ氏は、最初の夜会に名高い外国出身のオペラ歌手三人を招き、客たちにその声を聞かせて楽しませるという趣向を思いつき、フランス語が苦手なベルギー人の召使いに、イギリス風の優雅なマナーを教え込もうと躍起になっている。「音楽を聴くと苛々するか眠くなるかのどちらかで、決してその中間はない」というシュ一フルーリ氏だが、当代一流のプリマ・ドンナたるソンタグ嬢にルビーニ、タンブリーニのイタリア人歌手が来て歌ってくれるのだから、それで夜会の成功は間違いなしと信じ込み、「とうとう私の名前も新聞に出るぞ」と興奮しきっている。

だが、ベルギー人の召使いを叱咤激励しながら夜会の用意に余念のないシューフルーリ氏のもとに、三人の歌手から「突然体調を崩し、今夜、お宅で歌うことは不可能になった」との手紙が届き、彼を絶望の淵へと突き落とす。「わしの一生もこれで終わりだ」とサロンにくずおれる主人のもとに、なにやら喚きながらベルギー人の召使いが駆け寄るとき、娘のエルネスチーヌは落ちつきはらって父親を元気づけ、私に名案があるから絶望するには及ばないと慰める。

娘の「名案」とは、予想される通り、「模倣」の主題に従って父親を「出し抜く」ものである。呆気にとられているシューフルーリ氏の目の前で、例の歌声の合図によってバビラスを窓辺に呼び寄せ、その男は誰かと訝る父親に、「さる政治的な理由で公言はしかねる」が、これはルビーニの身代わりをつとめる歌手だと紹介する。この方がいるから今夜のパーティーは成功間違いなしと請け合うエ

ルネスチーヌの言葉に、

救われた、救われた、娘の機転で

救われた。一家の名誉は救われた。

の合唱が響きわたる。

彼女の素早い説明で事情を察したバビラスは、いきなり父親の顔をしげしげと見つめ、あなたは本物のタンブリーニそっくりだから、彼の代わりに歌えばよろしいし、お嬢さんもなかなか良い声をしているから、ソンタグの役を演じればよいという思いもかけぬ提案で、シューフルーリ氏を仰天させる。わしはイタリア語を知らんぞと脅える父親に向かって、あらゆる単語の語尾に「ノ」か「ナ」をつければ、イタリア語なんぞ誰にも簡単に発音できると勇気づけ、エルネスチーヌの意向に添って事態を解決するのである。

かくして恋する二人は、ソンタグとルビーニの身代わりとして、堂々と同じ時間を過ごす権利を獲得したことになる。午後九時が近づき、飲物にはあまり砂糖は入れるな、とりわけ音楽の演奏中にはほとんど入れるには及ばないなどとシューフルーリ氏が召使いに荒っぽいもてなし方を伝授しているところに、客たちが入ってくる。

合唱隊員の扮する招待客がどっと入場してくる第九景で、「ブルジョワ的な調度品で飾られたサロン」の雰囲気は一変する。バビラスとエルネスチーヌの謀《はかりごと》など知るよしもない客たちは、

ああ、悦びが呼んでいる。
ああ、お祭りが招いてる。
駆けつけましょう、いますぐに、
シューフルーリ家へいますぐに……

といった無意味な歌詞のリフレインをコーラスで繰り返し、明るく楽天的な雰囲気を高める。シューフルーリ氏の内心の狼狽ぶりなど想像さえできない招待客の代表格バランダール氏は、「高貴なるメセナ殿、我が芸術の庇護者殿」と呼びかけて音楽への期待を表明する。その妻バランダール夫人になると、「近くから役者が見られるなんて、またとない楽しみですわ」とはしゃぎまくっており、それをたしなめる夫に向かって、「専制君主！　独裁者！」と喰ってかかる始末だ。

やがて、ソンタグとルビーニとして紹介されるエルネスチーヌとバビラスは、親に反対されて結婚できない不幸な恋人の役を演じ始める。即席のイタリア語で「ローマの郊外のマカロニは……」などと愚にもつかない歌詞を朗唱すれば、なるほどこれがイタリア・オペラだと納得する無知な観客もまた、即席のイタリア語で喝采するにいたり、客席の興奮とともに、エルネスチーヌの計画通り、芝居と現実とが理想的な混同を示し始める。

タンブリーニに扮したシューフルーリ氏に向かって、バビラスは小声で自分の身分を明かしながら、客席には牧歌的な恋物語と思い込ませたまま、エルネスチーヌとともに、芝居がかった身振りで結婚の許しを求める。こうして、すべてはオペラの一景として演じられてゆくのだが、若い二人のはかりごとに気づいた唯一の人間である父親は、「罠だ、罠にはめたな」と血相を変える。しかし、その台詞さえ役柄の上のことと信じて疑わない観客は、「お父様、お願い」、「いや、ならぬ」という父と娘のやりとりを息をのんで見まもり、父親のイタリア訛《なまり》での「呪われよ、呪われてあれ」の絶叫を、この悲劇的なオペラにこそふさわしい結末と受け止め、感動の拍手が客席に拡がる。

ここでの成功が二重のものであることは、誰の目にも明らかだろう。まず、「今夜は在宅」したシューフルーリ氏の夜会はまぎれもない成功をおさめ、本物の歌手の歌声に接しえたと信じている招待客たちは、全員満足しきった表情を浮かべている。だがそれにもまして、バビラスとエルネスチーヌは、姿をくらました本物の歌手たちを巧みに「模倣」することでこの音楽会を成功させたからには、父親を「出し抜く」ことにも成功したはずだと確信している。物語の仕掛けはまさにその点にありながら、父親はその二つ目の成功の意味にまだ気づいてはいない。愚かな観客たちを騙しおおせたことに安心して、その秘密が暴かれたとき危うくなる自分の立場にはまるで気づいていないのだ。

そこで、タンブリーニの衣装を脱ぎ、急いで客席に戻り、満足しきった観客の祝辞にまんざらでもなさそうなシューフルーリ氏に近寄ってゆくバビラスは、「この喝采をお聞きなさい」と低い声でつぶやき、予定通りの行動にでる。

あなたが、今すぐ、五千フランの持参金つきでお嬢さんを下さらないなら、ソンタグもルビーニもタンブリーニもみんな偽物だったとばらしますよ。そうすれば、あなたの名誉は台無しです。シューフルーリ家の名誉も台無しになるでしょう。

「罠だ、罠にはめたな」と同じ台詞を繰り返すしかない父親の反応を確かめ、バビラスはやおら客席に向き直り、「皆様、申し上げたいことがあります……」と声を高めるふりを装う。この脅迫めいた振舞いには抵抗できないと悟り、窮地に陥ったシューフルーリ氏は、「よろしい、娘は君に上げよう」と低い声でつぶやかざるをえない。その上、「五千フランの持参金も?」と声をひそめて追い討ちをかける若者に、父親は降参するしかないのである。

何も知らないバランダール夫人は、本物の役者と声を交わせる幸福に陶然としながら、「結局、二人は結婚できるのでしょうね」とルビーニと信じて疑わないバビラスにたずねる。「もちろんですとも、奥様」とイタリア訛で答える若者は、みんなの前で、いま手に入れたばかりの持参金の額までを公表することに成功する。「まあ、よかったわ」とバランダール夫人は歓声を挙げ、それを機に終幕の音楽が高まり、『シューフルーリ氏、今夜は在宅』は大団円を迎える。

登場人物の全員が晴れやかな表情で若い二人の結婚を祝福しているとき、シューフルーリ氏ひとりは、「今夜は在宅」することがどれほど高くつくかを改めて思い知らされ、浮かぬ顔をしている。また、近いうちにぜひ招んでくれたまえと声を張り上げるバランダール氏の台詞に、ソンタグとルビーニのデュエットならいつでもお聞かせしますと応じる若い二人の陰で、シューフルーリ氏は、もう二度とそんな機会は訪れまいとつぶやくことしかできない。オペラ歌手を巧みに「模倣」する恋人たちにまんまと「出し抜」かれてしまった年金生活者の父親は、いくら金銭的な余裕があろうと、社交界の「模倣」などに、金輪際手を出したりはしまいと心に決めているからである。

以上のあらすじの紹介からも明らかなように、『シューフルーリ氏、今夜は在宅』の題材は、物語がさして重要な意味を持たないこの種のジャンルにあってもとりわけ他愛もないものだといわねばなるまい。『町人貴族』さながらに成り上がりの金持ちが笑われ、その子供たちの恋が祝福されるという筋立てに独創的なものは何ひとつ含まれてはいないし、細部に趣味の良さが光っているといったものでもない。大筋とは無関係に笑いを誘う目的で挿入されている会話にも、思いがけない発見など一つとして見当たりはせず、シャンパンを冷やしておけと命じられたベルギー人の召使いが、「冷やす」を意味するフランス語の動詞frapperを「殴打する」と字義通りに誤解し、ボトルを片っ端から叩き割ってしまうといった愚にもつかないギャグの類いも少なくない。いくら一晩限りの素人の座興だとはいえ、あまりの馬鹿馬鹿しさに、はたしてこの種の低俗な細部が、程なく公爵に叙されようとしている立法院議長ド・モルニーにふさわしいものなのかと、思わず考え込まずにはいられないほどである。少なくとも、この作品の脚本をテクストとしてたどろうとするかぎり、人は筋立ての貧しさに茫然自失するしかなかろう。

にもかかわらず、このオペレッタ・ブッファが、初演いらい世界各地の劇場のレパートリーに組み入れられ、一世紀を遥かに超えた二十世紀末の日本でさえいまなお上演されているのは、「第二帝政期」の立法院議長のサロン向きに書かれた仕掛けの単純さ故に、オッフェンバックの作品の中で最も手軽に上演できるものだからである。ソプラノが二人、テノールが三人、バリトンが一人（シューフルーリ氏である）に、あとはコーラスが何人かいればよいという登場人物の少なさに加え、伴奏はピアノ一つで充分であり、オーケストラの場合でも、ごく小編成のものでこと足りるのだ。しかも、作曲者はまぎれもないジャック・オッフェンバックなのだから、『地獄のオルフェウス』などの大がかりな作品の対極に位置するこの一幕ものが珍重されても何の不思議もなかろう。

ところで、「私生児」ド・モルニーの署名したテクストとしての興味からこの作品へのアプローチを試みるわれわれにとって、オッフェンバックの手になる音楽的な側面は分析の対象とはなりがたいので、一八六一年というから初演の年にミシェル・レヴィ書店から刊行された初版本をもとに話を進めることにする。楽譜の方は、同じ年にE・セアール商会から出版され、一九八四年にアントニオ・デ・アルメイダを編者とした英-仏語版が現在も流布されているが、これをめぐっての技術的かつ芸術的な言及は避けられるだろう。

こうした視点から『シューフルーリ氏、今夜は在宅』を読んでみた場合、見かけの否定しがたい貧しさにもかかわらずわれわれの興味を惹きつけるのは、これが「上演」を主題にした脚本だという事実である。立法院議長官邸のサロンの中に「ブルジョワ的な調度品で飾られたサロン」がしつらえられ、そこを舞台として演じられるオペレッタとそれを見物する観客の演技を、ド・モルニーに招かれた上流階級の客たちが改めて見るという二重構造が形成されているからである。もちろん、劇中劇という構造はさして珍しいものではないし、オッフェンバック自身が『パリの生活』などでさらに大がかりに活用するシチュエーションであるとさえいえる。

だが、ここに描かれているのは、たんなる劇中劇ではなく、そこにいくつかの特徴が認められる。まず、その劇中劇が本物の歌手を「模倣」する偽物の素人によって演じられるもので、従って、それを演じる歌手たちは、本物の歌手を「模倣」する偽物の素人を、本物として偽物らしく演じねばならぬという複雑な立場に置かれることになる。本物と偽物とのこの入り組んでいながらも意図された関係は、人がポストモダン的と呼びもするだろう二十世紀末の芸術概念にどこかで通じ合うものをもっているかもしれない。作者の側にそうした意図があったとは思えないが、モーツァルトをはじめとして、名高いオペラや歌曲の名台詞がいたる所にちりばめられているこの脚本は、間＝テクスト性の理論家にとって恰好の研究領域をかたちづくっているとさえいえるほどであり、そんな所にも、意識されざるポストモダン性が顔を覗かせているかもしれない。

独創性よりも、むしろ既知の要素の組合わせからなるこのオペレッタにあっての劇中劇のもたらすいま一つの興味は、その上演が多くの人を欺く意図を担っているという点である。その目的のために「模倣」という主題が導入されていることはすでに見た通りだが、名高い歌手たちに化けて何とか観客を欺きおおせたものとほっとしているシューフルーリ氏その人が、こんどは娘とその恋人に欺かれるのである。つまり、ここには、父親を「出し抜く」ための「陰謀」として劇中劇が演じられているのであり、しかも、若い二人の「陰謀」は、なんとか体面を保とうとする主人の弱みにつけこみ、作中人物の台詞のかたちで準備され、衆人環視のもとでの脅迫によって、ハッピー・エンドとして成功をおさめてしまう。『シューフルーリ氏、今夜は在宅』は、なによりもまず、成功した「陰謀」を主題としたオペレッタ・ブッファである。シューフルーリ氏は、金を払ってまで自分の名前の名誉を救い、娘を若い芸術家に譲り渡してしまうのだから、「金銭」と「女性」とはこの金満家にとっては「名前」と交換可能な記号にほかならず、「陰謀」はその等価性を前提として準備されていたといってよい。ソンタグも、ルビーニも、タンブリーニも、重要なのは誰もが知っている名高いその名前ばかりであり、それを演じるのが本物であろうと偽物であろうと、そんなことはもはや問題とはなりがたい時代を背景として、この「陰謀」は仕組まれていたのである。『シューフルーリ氏、今夜は在宅』が「上演」を主題とした脚本だというのはそうした意味にほかならない。そこではもはや記号の本質は問われることがなく、交換可能な等価性が成立するための機能だけが問題となる。演じらるべき役割の優位だけが記号の流通を支えているとき、「陰謀」はそのシステムを容易に活用して成就され、もはやシステムの変容を企てる必要さえなくなっているのだ。

Ⅶ 反復

無邪気な観客たちの共感を煽りたてて味方に引き込み、体面ばかり重んじる父親の弱みにつけこんで脅迫まがいの振舞いを演じながら、結婚の許しとともにかなりの額の持参金まで手に入れてしまうというのだから、『シューフルーリ氏、今夜は在宅』の若い二人の「陰謀」の呆気ない成功ぶりを、オッフェンバックのオペレッタによくありがちな楽天的なハッピー・エンドの一つとして受けとめることは誰にも許されているし、むしろ、それがごく自然なやりかただといえなくもない。だが、こうした題材をオッフェンバックに提供したのが「私生児」ド・モルニーにほかならぬことを知らぬわけではないわれわれとしては、この結末に喝采を送る劇中の観客たちの無邪気さを共有するわけにはいかないし、立法院議長官邸のサロンを埋め尽くしていた華やかな招待客たちの余裕ある微笑を素直に自分のものにすることもできない。

実際、衆人環視のもとで「父の名前」を放棄し、バビラス夫人と名乗る正当な権利を獲得してしまったのだから、恋人の才気にみちた協力によって、エルネスチーヌはいわば家庭内「クーデタ」にまんまと成功したことになり、父親が「罠だ、罠にはめたな」とつぶやくのも無理からぬ話だ。また、「罠だ」という劇中の父親のつぶやきは、一八五一年十二月二日の早朝、多くの国民議会議員たちの口から洩れた同じつぶやきがフランスの有権者の圧倒的な喝采の前には全く無力であったように、何ら有効性を持ちえなかったのだから、このオペレッタ・ブッファの脚本を、二人の義兄弟による権力奪取の政変を想起することなしに読むのは極めて難しい。ともに成功した「陰謀」である以上、何かが似ているのは否定しがたい事実だからである。

だが、立法院議長官邸での一夜の慰みのためにこの題材をオッフェンバックに提示したとき、自分自身の関わったかつてのクーデタのことをド・モルニーが意識しており、それをあえて一篇のオペレッタ・ブッファに仕立てあげ、着飾った男女を前にして上演するというたくらみにひそかにほくそ笑んでいたなどと主張したいのではもちろんない。また、どうみても他愛ないとしか呼びがたいこの筋書きが、読み方によっては成功した「陰謀」の推移を無意識のうちに反復しており、同時代人には識別しがたかったろうその痕跡を探りあてることが、後世に生きるわれわれの義務だなどといいたいのでもない。

たしかに、『シューフルーリ氏、今夜は在宅』の物語は、そのしかるべき側面において、ルイ＝ナポレオンとド・モルニーによるクーデタに酷似しており、すでに指摘した「模倣」の主題を介して「反復」を印象づけているのは否めない。名高いプリマ・ドンナやイタリア人歌手の名前のみに惹かれながら、本物と替え玉の区別さえつきかねる観客の無知を前提として実行に移されるここでの「陰謀」は、ナポレオンの名前さえあれば国民投票にも難なく勝てるとの計算で「嫡子」をクーデタに踏み切らせた「私生児」の計算と無縁のものとはいえぬからである。また、父親が「呪われよ、呪われてあれ」と劇中で絶叫するとき、ほとんど機能せずに終わった「抵抗委員会」におけるヴィクトル・ユゴーの興奮や、その後に彼が書き綴ることになる『懲戒詩集』の語調を思わせずにはおかないし、

「罠だ」とは口にしつつもいかなる有効な手段も選択しえない王党派の「城主」たちの無為無策ぶりをそこにかさねあわせて見ることもあながち不可能ではない。

だが、そうした事実にもまして、一八五一年と一八六一年とにド・モルニーによって書かれたとされる二つのテクストへの署名の関わり方の類似性がわれわれの興味を惹く。いずれにあっても、彼は、ルイ＝ナポレオン・ボナパルトとジャック・オッフェンバックという他人の署名のかたわらに自分の名前を書きつけており、前者にあっては大統領と内務大臣、後者にあっては、作曲家と作詞家といった具合に、いわば第二の署名者に甘んじている。一八五一年の「布告」はともかく、書物としての『シューフルーリ氏、今夜は在宅』の表紙には、ド・モルニーの筆名であるド・サン＝レミがオッフェンバックの名前に先立って印刷されてはいるが、この二つのテクストをめぐって人がごく自然に想起するのは、あくまで「ナポレオンⅢ世のクーデタ」であり、「オッフェンバックのオペレッタ」なのである。そこでのド・モルニーの位置は、脇役とまではいわぬにしても、主役を輝かせる共演者というに近いのだが、すでに指摘しておいたように、クーデタの決断を大統領に迫ったのも、題材を示してオペレッタの上演を作曲家に依頼したのも、ド・モルニーその人にほかならない。二つのテクストは、それが行為として演じられた場合、その実現を推進したはずの者の署名が見いだす位置の曖昧さにおいて、確かに類似しているのである。

曖昧さというのであれば、これらのテクストは、その作者と呼ぶべきものの同一性の不確かさにおいても際立った類似を形づくっている。ともに、署名者だけがテクストの真の作者だとは判断しがたい事情が介在しているからである。事実、一八五一年の「布告」が大統領府での「陰謀」に関わった者たちの複数の意志の反映であったように、一八六一年のオペレッタ・ブッファの脚本もまた、その執筆には、すでに述べたアレヴィに加えて、アンリ・クレミュー、エルネスト・レピーヌらが加わっていたことが知られている。いずれにせよ、両者にあってのテクストは、作者としてのド・モルニー――とド・サン゠レミ――の名前の形式的な現存にもかかわらず、確かな主体への帰属をあらかじめ断たれたままもっぱら宙を漂い、署名さえがその起源を正当化しえないばかりか、かえって事態を混乱させており、その意味で、作者という父性的な権威によってはいささかも統御されていない「私生児」的な無責任性におさまっている。「布告」における内務大臣の署名がそうであったように、ここでのド・サン＝レミの署名は、すでに何篇かのヴォードヴィルや「格言劇」の作者として使用されていたものだとはいえ、テクストの唯一にして正統的な起源とは到底見なされがたく、とりあえずの形式以上のなにものでもない。

そうした事実の指摘にもまして、「布告」と『シューフルーリ氏、今夜は在宅』とを結びつける奇妙な類似が存在する。この二つのテクストにおいて、いずれもほとんどフランス人とは呼びがたい人物のかたわらにド・モルニー（およびド・サン＝レミ）といういかにもフランス的な名前が添えられているという平行関係が認められるからである。

すでに触れる機会もあったように、「嫡子」ルイ＝ナポレオンは、一八四八年の二月革命によって「七月王政」が崩壊し、名ばかりの共和制が樹立するまでほとんどフランスの地を踏んではおらず——蜂起に失敗して追放されたり、犯罪者として城砦に幽閉されることだけが彼のフランス滞在のすべてである——、法律的にもフランス国籍を剝奪されたまま、幼年期から青年期の大半をスイスやイタリア、あるいはイギリスで過ごし、ドイツのギムナジウムで中等教育を受けた関係で、大統領就任後も外国人のような訛を捨てきれずにいたという。一八五一年のクーデタによって最終的な準備が整う「第二帝政期」とは、ほとんど外国人と呼ぶほかはない人物を皇帝として国民の大多数が容認するという奇妙に矛盾した一時期として記憶さるべきなのだが、ユダヤ系のドイツ人作曲家ジャック・オッフェンバックが、およそ正統的なジャンルとは見なされがたいオペレッタによってパリ音楽界の寵児としてもてはやされ、やがてフランス国籍を得てレジョン・ドヌール勲章まで授けられることになるという事情は、曖昧であるが故にたやすくは切り崩しがたい帝国の支配構造と奇妙な類似を形づくっている。王政を打倒して共和制を確立するという近代フランスの公認された歴史にとっては「私生児」的な迂回と見なさるべき帝政が、オペラ座での上演にふさわしい公式の音楽的な伝統に対してオペレッタが示す「私生児」性に通じる何かをもっていることは否定しがたいからである。

ド・モルニーの署名が、公認されがたくはあっても実質的な勝利者にほかならない二人の「外国人」の名前の脇に、誰にもそれと識別可能な「フランス性」の標識を刻印することで、テクストの正統性を形式的に保証する機能を演じていることはいまや明らかだろう。形式的にというのは、ド・モルニーという名前が父親の不在ゆえに捏造された家族の名前にほかならず、筆名ド・サン＝レミもまたそうなのだが、そのいずれにも含まれる前置詞「ド」が、旧制度いらいの出身と血統の正当性の保証を模倣しつつ漂わせている貴族的な雰囲気によって、神話としての「フランス性」をかろうじて維持しているからである。その意味で、ド・モルニーの署名は、排他的な正統性の主張による自己同一性からは思い切り遠く、シニカルで原則を欠いた妥協の風土ともいうべきものを表象しており、その機能は媒介的というか、調停者的というか、むしろテクストの帰属性を曖昧に放置することを目指しているとさえいえるという点でも、一八五一年の「布告」と一八六一年のオペレッタ・ブッファとはある種の類似を示しているともいえる。

この帰属性の曖昧さは、まぎれもなくド・モルニー的である。というのも、「嫡子」ルイ＝ナポレオンのために皇帝の座を用意し、その即位のために「陰謀」までやってのけながら、「私生児」はいかなる意味においてもボナパルト派には所属しておらず、ましてやナポレオン思想の熱烈な信奉者などではなかったからである。ときに自分を「社会主義者」と呼んで人を驚かせたりもするルイ＝ナポレオンは、共和主義者の擡頭よりもむしろオルレアン派の巻き返しを懸念しており、そのためにもオルレアン家の資産の「国有化」という「社会主義的」な政策を実行に移しているのだが、七月王政下に頭角をあらわしたド・モルニーは、みずからの「フランス性」の根拠をとりあえずは国王ルイ＝フィリップの親族とその支持者たちとの交流に負っている以上、誰はばかることなくオルレアン派を自認しており、義兄もその事実をよく承知している。ド・モルニーにしてみれば、自分の存在によって、来るべき「帝国」が少なくともオルレアン派は敵にせずにすむはずだといった調停者的な気持ちをいだいていたようだが——事実、王党派の多くは、皇帝の身にもしものことがあった場合、立法院議長がその権力を継承することに漠たる期待をいだいていた——、だからといって、彼が正統ブルボン派に対抗すべきオルレアン家の立憲王政的な理想を確信していたわけでもない。政治的な政策や主義主張とはおよそ無縁であったド・モルニーの振舞いは、もっぱら社交的な人脈の原理にもとづいており、少なくとも金融の拡大による産業の振興を政策の基調に据えていた義兄がそうであったような意味では、彼は近代的な政治家でさえなかったというべきだろう。

オルレアン家の資産の「国有化」という「社会主義的」な政策に反対し、就任直後に内務大臣を彼が即座に辞任したのも、政治的というより社交的な動機によるものと解釈すべきである。「嫡子」が、「国有化」された資産をもとに、公共投資と福祉の拡充を推し進めようとしていたとき、「私生児」は、久しく親しい関係にあり、公式の情人とさえ見なされていたオルレアン派のル・オン伯爵夫人の信頼を裏切るわけにはいかないという個人的な事情があったのである。

ルイ＝ナポレオンの義弟でありながら、その権力奪取に加担し、しかもその政敵ともいうべきオルレアン派の貴族の妻を恋人として持つド・モルニーは、まさしく政治的な帰属性を欠いた曖昧な存在というほかはなかろう。だが、その矛盾を深刻に悩んだりすることもなく、ごく冷徹に「陰謀」を成功させるかと思うと、その直後にあっさり内閣から離れてもしまう彼のシニカルな日和見主義は、「第二帝政期」に人びとを魅了しつくしたオペレッタというジャンルの、困難な状況が登場人物を苦境に立たせることがあろうと、最後には決まってすべてがまるくおさまるという筋立てが保証する深刻さの欠如と、どこかで通じ合うものを持っている。ド・モルニーにとっての政治とは、実現すべき政策などとはおよそ無縁の社交的な技術にほかならず、ちょっとした危険を伴いはしても、余裕をもって事に当たれば最終的な楽しみは約束されており、そのつど何とか折り合いをつければ破局などいくらでも回避できる遊戯にほかならないからである。

優雅な避暑地として人びとの人気を集め始めたノルマンディの海浜ドーヴィルを、競馬と賭博の豪華な施設を備えた社交リゾートとして開発したのがド・モルニーであったことはいかにも象徴的である。いかなる意味でも職業的な政治家ではなかった彼は、政治を非深刻化することで権力をソフトに仕上げるという政治性において、ある種の天才的なひらめきに恵まれていたといえるかもしれない。

だが、一八五一年十二月二日のクーデタが深刻さを欠いた首謀者たちによって、遊戯のような屈託のなさで準備されていたというのではない。それどころか、事態は経済的に極めて切迫しており、彼らの振舞いは真剣そのものだったとさえいわねばならない。事実、ルイ＝ナポレオンは、大統領就任いらい貧窮の底にあり、「陰謀」が成功しない限り、累積する借金の返済のめどさえ立っていなかったからである。

クーデタの資金源がどのようなものであったかをめぐっては、いまだ充分に究められていないのだが、ルイ＝ナポレオンが一八五二年にさるロンドンの銀行に八十一万四千フランもの巨額の借金を返済しているところをみると、クーデタ直前の彼が、かなりの負債を抱えていたことは間違いなく、従妹のマチルド大公妃が貴金属を質入れして四千フランを貸し与えたともいわれているほどだ。ロスチャイルド銀行はオルレアン派的色調が強いので融資は望みがたく、資金援助の多くは個人的な好意や外国の銀行の援助に頼らざるをえなかったのである。いっぽう、ド・モルニーはといえば、クーデタ以前も以後もル・オン伯爵夫人の財産をごく鷹揚に浪費し続けていたのだが、一八五七年ごろ二人の仲が破局を迎えたとき、その借金の利子の扱いをめぐってスキャンダルめいた事態が持ち上がり、これにはナポレオンⅢ世その人が仲裁に乗り出すことになる。義兄のほうが義弟より、経済的な事態をより深刻にうけとめていたのは、間違いのない事実である。

いずれにせよ、クーデタに先立つ数年間、この義兄弟の財政状態は極めて逼迫していたのであり——国民議会が大統領府の予算を厳しく制限していたことを想起しよう——、彼らの貧窮は、「布告」と『シューフルーリ氏、今夜は在宅』という二つのテクストの生なましい類似を、改めてわれわれに思い起こさずにはおかない。この点に関するかぎり、若い恋人たちが父親を「出し抜き」、結婚の許しとともに五千フランの持参金をも奪い取るというオペレッタ・ブッファの結末は、「嫡子」と「私生児」の政権奪取の忠実な報告とさえ読めるものだからである。

事実、第二共和制下には大統領として年間六十万フランの年俸を得ていたに過ぎないルイ＝ナポレオンは、クーデタ以後、一挙に千六百万フランの個人予算を手にすることになる。ド・モルニーをはじめとして、大臣たちにもそれに似た処置がとられたのはいうまでもなく、四十八万フランだった彼らの年俸は二倍以上の百万フランへと増額されたのである。だから、「嫡子」と「私生児」による「陰謀」の成功は、たんに非合法的な権力奪取にとどまらず、それと同時に、あるいはそれにもまして、「普通選挙」の回復を交換条件としての巨額の金銭の獲得をも意味しているのであり、そうした事態の推移を、一八六一年五月三十一日に立法院議長の官邸で初演されたオペレッタ・ブッファは、正確すぎるほどの筆遣いで記述しているとみることもあながち不自然ではない。実際、「国民議会」を「出し抜い」た二人は、誰もが予想しえなかったほどの年俸を、それも、選挙権を獲得した大多数の有権者の承認を得たうえで、嘘のような容易さで自分のものにしてしまったのである。そのあまりに呆気なく、ほとんど現実感を欠いた楽天的な終幕は、競馬かルーレットの大穴か、あるいはオペレッタの大団円ででもないかぎり起こりえないフィクションのように見えさえするほどだ。

　だが、一八五一年と一八六一年とにド・モルニーが署名した二つのテクストの否定しがたいいくつもの細部の類似ゆえに、バビラスとエルネスチーヌの仕掛けた「罠」が、二人の義兄弟の「陰謀」の成功を忠実になぞっていると結論することはこの文章の意図ではない。たしかにわれわれは、ここで「反復」について語りたい誘惑に駆られはするし、事実、「反復」は間違いなく起こっている。とはいえ、『シューフルーリ氏、今夜は在宅』が十年前の十二月二日のクーデタを「反復」しているのではないし、また、「歴史は繰り返す」というヘーゲル的なテーゼを援用するマルクスが、甥ルイ゠ナポレオンによる非合法的な政権奪取を、伯父ナポレオンの「ブリュメール十八日」を「笑劇《ファルス》」として「反復」しているものととらえることも、正確さを欠いているといわねばなるまい。「嫡子」と「私生児」による「陰謀」は、「過去の亡霊」どもを召喚することで農民層の潜在的な欲望と経済的な利害を巧みに調整し、また、いわゆる「ルンペン・プロレタリアート」層を味方につけた二代目の「ナポレオン思想」だけでは説明できず、産業界や金融界を支配するブルジョワジーの、積極的ではないにせよ消極的な共犯関係なしにはその成功はありえなかったはずであり、その領域での義弟による政治の非深刻化というシニカルな政治性が、「帝国」の維持に無視しがたい威力を発揮することになるだろう。それこそまさに、オペレッタの時代にふさわしいいかがわしくも希薄な、だが執拗に維持される権力の支配形態にほかならない。

マルクスのいうように、ナポレオンⅢ世のクーデタはたしかに何かを「反復」しているのだが、『ルイ・ボナパルトのブリュメール十八日』の著者は、明らかに上演さるべきジャンルを取り違えているといわねばなるまい。ここでの「陰謀」で問題となるジャンルとは、「笑劇《ファルス》」ではなく「オペレッタ・ブッファ」にほかならず、しかもそれは、一度目に「悲劇」として演じられたものの二度目であるが故の退屈な再演ではなく、まだ上演されてさえいない作品を、それが書かれるよりも正確に十年前にあらかじめ実演してしまったものなのだ。つまり、『シューフルーリ氏、今夜は在宅』が一八五一年十二月二日のクーデタを再現しているのではなく、むしろ、クーデタのほうがその筋書きを忠実になぞることで成功したのだという事態の逆転ぶりこそがここでの「反復」の実態なのである。それは、政治的なものであるべき権力奪取を非深刻化することで実現される政治性のシニカルで楽天的な勝利にほかならず、まず「悲劇」として演じられたものが、後に「笑劇《ファルス》」として再演されるというヘーゲル的な歴史観では統御しがたいそうした事態の到来を、マルクスは見落としているといわねばならない。それは、『ルイ・ボナパルトのブリュメール十八日』であれほど鋭利にフランス社会を分析しえたマルクスが、「布告」にルイ゠ナポレオンとともに署名したド・モルニーの存在を軽視し、彼によって表象されているある政治的な風土の現実性を分析の対象としなかったからにほかならない。

いうまでもなかろうが、一八五一年十二月二日の晩にオペラ・コミック座の桟敷に姿を見せたド・モルニーの存在そのものは、そのオペレッタ・ブッファがそうであるように、歴史にとっていささかも本質的ではないし、微笑とともにいつでもやりすごすことのできるごく凡庸な脇役にすぎないだろう。実際、『シューフルーリ氏、今夜は在宅』が立法院議長官邸で喝采を博してからほんの数年後に、皇帝の「義弟」はあっさり病死してしまうのだが、そのことは帝国の政治基盤をいささかも揺るがせはしない。だが、歴史にとってはいささかも本質的とは見なされがたいものの形づくるシニカルな歴史性ともいうべき現実が、ある時期から、この世界にはまぎれもなく存在し始めたのである。事実、曖昧で希薄であるがゆえに「私生児」的なものと思われがちなこの現実を無視することが、歴史そのものを抽象化しかねない時代が、フランスの「第二帝政期」とともに始まっている。そうした土壌から遠く離れた土地に暮らしているわけではなく、その二十世紀的なヴァージョンがあたりにますます繁茂しつつある今日、一八五一年十二月二日の「布告」と『シューフルーリ氏、今夜は在宅』という二つのテクストを、改めて読み直してみる価値もあろうかと思う。

あとがき

「凡庸」を絵に描いたような人影が、それなりの名声をコートのように身にまとって、シニカルな足取りでゆっくりと歴史を横切って行く。余裕をもって遠ざかり行くその後姿は、この世界にさしたる執着もないかに見え、どうもこちらを振り向きそうにない。それなら、遠ざかるがままにしてやることが、せめてもの慎みというものだろう。それとも、ちょっとした合図を送って立ち止まるものなら、ひとこと言葉をかけてみるべきだろうか。

いずれにせよ、死者を無理にも召喚するというのは、われわれの趣味ではない。ただ、遠ざかる人影がふと立ち止まり、こちらに視線を投げかけるのであれば、それを受け止めるだけの用意はいつでもできている。モルニー公として知られる人影がわれわれの視界に姿を見せたのであれば、それに向かって投げかけるにふさわしい視線もそなえているつもりだ。『帝国の陰謀』としてここに書き上げられた小さな書物は、いわば、そうした視線の証言にほかならない。

たとえばバッド・ベディカーの上映時間七十七分のB級活劇に似た、薄くて軽い本を書きたいという夢は、厚くて重いものになりそうだった『凡庸な芸術家の肖像』執筆中からすでにきざしていた。それが、日本文芸社の小山晃一氏の薦めで不意に可能になったとき、遠ざかり行くド・モルニーの後姿の希薄さが、恰好の主題としてこちらに迫って来たのである。無理にも呼びとめたわけではない。ふと足を止め、振り返るともなく視線を向けたのは、あちらの方なのである。こちらとしては、皇帝ナポレオンⅢ世の「義弟」であったその人影に、ただ感謝するばかりだ。その人影がおさまるべき輪郭をより鮮明なものとするために、貴重な資料をお借し下さった小栗純一氏にもこの機会をかりて御礼申しあげねばならない。

おそらく、東京大学教養学部教養学科フランス科や、立教大学文学部フランス文学科での「第二帝政期の文化」をめぐる講義やゼミナールに出席したことのある人々は、この薄くて軽い書物のしかるべき部分にちりばめられているいにしえの記憶をふと発見されるかもしれない。だが、すべては、つい最近起こったことがらなのだ。そのころ、この書物の著者は、まだド・モルニーと瞳を交わしてはいなかった。彼が、振り向くともなくこちらに視線を向けたのは、実際、ほんの数カ月ほど前のことに過ぎない。

一九九一年七月

著者

文庫版あとがき

わたくし自身の決して短いとはいえぬ二冊の著作『凡庸な芸術家の肖像──マクシム・デュ・カン論』（一九八八）と『「ボヴァリー夫人」論』（二〇一四）との主たる時代背景となっていたフランスのいわゆる「第二帝政期」をめぐって、カール・マルクスの『ルイ・ボナパルトのブリュメール十八日』（一八五二）の終わり近くにほんの一度だけ短く触れられている「ド・モルニー氏」なる男の人影を「主役」として、改めて論じて見たい。その思いは、一九八〇年代の中ごろに、いまはもう存在していないパリはリシュリュー街のフランス国立図書館で『シューフルーリ氏、今夜は在宅』*M. Choufleuri restera chez lui le*…, opérette bouffe en 1 acte par MM. de Saint-Rémy et Offenbach, Paris, Michel-Lévy, 1862 の初版本とめぐりあった瞬間から、ひそかな野心として胸のどこかに萌してておりました。

とはいえ、それが日本語の書物としてのかたちを整えるのには、原著の「あとがき」にも記しておいたように、当時教鞭をとっていた東京大学の教養学部フランス科や、非常勤の講師として出講していた立教大学の文学部フランス文学科での、「第二帝政期の文化」をめぐる講義やゼミナールでこれを詳細に論じるという二年ほどの歳月が必要とされていました。それをへたのち、わたくしの著作としてはきわめてめずらしいことながら、比較的に短い書きおろしのかたちで一冊の書物となったのでありますす。これは著者自身がしかるべき執着を持つ著作であり、それを可能にしてくださった日本文芸社の編集者（当時）の小山晃一氏には、改めて深い感謝の念を捧げたく思うと同時に、今回の文庫化を心から祝福したい気持ちです。

書物化にあたっては、これをいわゆる「学術論文」としては発表しまいという強い姿勢が貫かれておりました。だからといって、エッセイというほどのものでもありませんが、できれば、文化的かつ政治的な「パンフレット」のようなものとして読まれてほしいというのが、著者の真摯な思いだったのです。詳細な註や原典への参照などをあえて自粛しているのはそのためですが、詳細な参照項目を知りたく思う方がおられるなら、この書物の短縮版ともいうべきフランス語のテクスト：Shiguéhiko Hasumi, «Coup d'État et opérette-bouffe», *Littérature*, n°. 125, mars 2002, pp. 32-41 を参照されたいと思います。全編が七章だてになっているのは、いうまでもなく、マルクスの原著の七部構成を考慮してのことであります。

だが、刊行いらい三十年近い歳月が経過しているいま、改めてこれを読み直してみると、どうやら文化的かつ政治的な「パンフレット」という体裁はめっきりと薄れ、どこかしらフィクションめいた気配がそこここに漂っているように思えてなりません。描写の対象となるド・モルニー氏はまぎれもなく実在の人物でありながら、その行動を語る言葉遣いが、どこかしら虚構めいてくるのを否定するのはむつかしいからであります。『凡庸な芸術家の肖像――マクシム・デュ・カン論』――この書物の再文庫化（講談社文芸文庫）にあたっては、もと同僚の工藤庸子さんが素晴らしい「解説」を書いて下さいました――の「主役」である実在の人物マクシム・デュ・カンが、語れば語るほどフィクションめいた翳りを帯びていったように、ここでも高貴なる「私生児」の物語がとめどもなくフィクションを目ざし、確かな、それでいて曖昧でもある輪郭におさまって行くのをおしとどめるものは何もありませんでした。にもかかわらず、ド・モルニー氏を対象としたいかなる書物――そのほとんどは十九世紀から二十世紀初頭にかけての出版物であり、いずれもフランス語で書かれている――よりも、ここには彼自身をめぐる真実に近い何かが息づいているはずだと著者は信じております。

その「真実に近い何か」とは、いったいどんなものか。それは、ド・モルニー氏の言動のしかるべき側面——例えば、「歴史にとってはいささかも本質的とは見なされがたいものの形づくるシニカルな歴史性ともいうべき」（一三五頁）もの——が、誰にも備わっているだろう類推の能力を働かせることによって、二十一世紀を生きるわたくしたちのまわりで起こりつつあるあれやこれやのことがらに、どことなく似ているように思えてならぬという現実に行きつきます。誰もが知るように、「歴史にとってはいささかも本質的とは見なされがたいものの形づくるシニカルな歴史性ともいうべき」現象について語ることが、「近代的な言説」はことのほか不得手だったのであります。しいていうなら、「後期＝近代的な言説」、ごく安易に図式化するならいわゆる「ポストモダン的な言説」だけが、かろうじてこれを語りえているように思えてなりません。

そのとき、ここで断言しうることがらがひとつあるとするなら、いわゆる「近代的な」現象は、いわゆる「ポストモダンな」現象とほぼ同時に生まれたものだということにつきております。前者は後者を言説の対象とすることができず、後者もまた前者を言説の対象とすることができなかったというだけで、この二つの言説はたえず同時に機能していたはずなのです。実際、「第二帝政期」に多少とも真摯な視線をむけてみれば、それは「近代的な」現象であると同時に、あきらかに「ポストモダン的な」現象でもあったといわざるをえません。「ポストモダン」とは、「モダン」すなわち「近代」のあとに生まれたものではなく、明らかにその曖昧な発生ぶりをほぼ同時的に観察できる現象なのだからです。そのことが、二十一世紀に入って十八年もの歳月が流れてからちくま学芸文庫におさまることで、新たに読者となられるだろう男女――できれば、若い――にどのように受け止められるか、著者は息を殺して見まもるしかありません。その意味で、まだ若いといってよかろう入江哲朗氏が「解説」の執筆を快諾されたことが嬉しくてなりません。有り難うございました。

筑摩書房から刊行されたわけではない『帝国の陰謀』がこのたびちくま学芸文庫におさめられるにあたって、原著のテクストには必要最低限の加筆訂正を施すにとどめました。日本文芸社との折衝をはじめ、煩瑣な編集の労をとられたのは、筑摩書房第三編集室の北村善洋氏でした。『監督 小津安二郎〔増補決定版〕』と『ハリウッド映画史講義――翳りの歴史のために』の文庫化に続いてあれこれお世話になった北村氏に心からの感謝に思いを捧げさせていただくことで、この「文庫版あとがき」を終えることとします。

二〇一八年九月

著者

Hachette, 1961.
Du 2 décembre au 4 septembre, Paris, Hachette, 1972.
Naissance de la France moderne, Paris, Hachette, 1976.
Decaux (Alain), *Offenbach roi du second Empire*, Paris, Perrin, 1966.
Deleuze (Gilles), *Différence et répétition*, Paris, P. U. F. 1969.
Logique du sens. Paris, Les Editions du Minuit, 1969.
Derrida (Jacques), «Signature évenement contexte», in *Marges de la philosophie*, Paris, Les Éditions de Minuit, 1972.
Du Camp (Maxime), *Souvenirs littéraires*, 2 vol. Paris, Hachette, 1882.
Guériot (Paul), *Napoléon III*, 2 vol. Paris, Payot, 1980.
Huard (Raymond), *Le suffrage universel en France (1848-1946)*, Paris, Aubier, 1991.
Loliée (Frédéric), *Le Duc de Morny et la Société du Second Empire*, Paris, Émile-Paul, 1906.
Marx (Karl), *Le 18 Brumaire de Louis-Bonapartes*, Paris, Éd. sociales, 1963.
Plessis (Alain), *De la fête impériale au mur des fédérés (1852-1871)*, Paris, Editions de Minuit, 1972.
Robert (Marthe), *Roman des origines et origines du roman*, Paris, Grasset, 1972.
Seguin (Philippe), *Louis Napoléon le Grand*, Paris, Grasset, 1991.
Smith (William H. C.), *Napoléon III*, Paris, Hachette, 1982.
Willette (Luc), *Le coup d'Etat du 2 décembre 1851*, Paris, Aubier, 1982.

Pas de fumée sans un peu de feu, comédie par M. de Saint-Rémy, Paris, Michel-Lévy, 1864.
Quelles réflexions sur la politique actuelle, Paris, Gerdes, 1847.
Question des sucres, Paris, F. Locquin, 1839.
Le Secret du coup d'État: correspondance inédite du prince Louis-Napoléon, de MM. de Morny, de Flahault et autres (1848-1852), publié avec une introducion de Lord Kerry, traduit de l'anglais par le baron de Jacques de Maricourt, Paris, Emile-Paul, 1928.
La Succession Bonnet, comédie-vaudeville en 1 acte, par M. de Saint-Rémy, Paris, Michel-Lévy, 1864.
Sur la grande route, proverbe en 1 acte, par M. de Saint-Rémy, Paris, A. Bourdrilliat, 1861.

Ⅱ　参考文献

Agulhon (Maurice), *1848 ou l'apprentissage de la république (1848-1852)*, Paris, Editions du Seuil, 1973.
Allem (Maurice), *La vie quotidienne sous le Second Empire*, Paris, Hachette, 1947.
Austin (J. L.), *How to Do Things with Words*, Oxford, Oxford University Press, 1975.
Bonapartes (Louis-Napoléon), *Des Idées napoléoniennes*, Paris, Paulin, 1839.
L' Extinction du paupérisme, Paris, Bonaventure et Ducenois, 1848.
Briais (Bernard), *Grandes Courtisanes du Second Empire*, Paris, Tallandier, 1981.
Cambell (Stuart L.), *The Second Empire Revisited*, New Jersey, Rutgers University Press, 1978.
Dansette (Adrien), *Louis-Napoléon à la conquête du pouvoir*, Paris,

書　誌

I　ド・モルニーのテクスト

Morny (Charles-Auguste-Louis-Joseph, duc de),

Les Bons conseils, comédie en 1 acte, par M. de Saint-Rémy, Paris, Michel-Lévy, 1868.

Circulaire de M. le Ministre de l'Intérieur (de Morny) relative à l'élection générale des 20 et 21 décembre 1851, Lyon, Dumoulin et Bonet.

Circulaire de M. de Morny aux Maires, pour les inviter à convoquer les électeurs à l'effet de voter sur le plébiscite du 2 décembre.

Circulaire de M. de Morny aux préfets des départements pour leur annoncer la dissolution de l'Assemblée législative et leur prescrire les mesures de surveillance et de répression commandées par la situation, le 2 décembre 1851.

Comédies et proverbes, par M. de Saint-Rémy, Paris, Michel-Lévy, 1865.

Extrait des Mémoires du duc de Morny. Une ambassade en Russie, 1856, Paris, Ollendorf, 1892.

Les Finesses du mari, comédie en 1 acte, par M. de Saint-Rémy, Paris, Michel-Lévy, 1864.

M. Choufleuri restera chez lui le..., opérette bouffe en 1 acte par MM. de Saint-Rémy et Offenbach, Paris, Michel-Lévy, 1862.

Mr. Choufleuri restera chez lui le..., operetta bouffa in 1 act, Libretto by M. de St-Rémy, English Version by Edward Mabley, New York, Belwin-Mills Publishing Corp., 1984.

解説　「ド」と「フォン」、あるいは高貴な「私生児」と偽伯爵

入江　哲朗

『帝国の陰謀』は、一九九一年に日本文芸社より刊行された、蓮實重彥の四十一冊目の著書である（著書〔外国語のものを含む〕の数え方は工藤編『論集』〔文末の文献表参照〕所収の「蓮實重彥 著書目録」に拠る）。ながらく品切れの状態にあったこともあり、蓮實の著書のなかではさほど知名度が高くないため、このたびの文庫化によってはじめて本書の存在を知った方も少なくないだろう。『スター・ウォーズ』シリーズを連想させなくもない五文字の題名を掲げる本書は、しかしもちろん映画の本ではなく、内容的には、一九八八年に蓮實が上梓した『凡庸な芸術家の肖像』および二〇一四年の『「ボヴァリー夫人」論』と密接に関連している。なにしろ、前者で俎上に載せられるマクシム・デュ・カン（一八二二―九四）と、後者で論じられる作品を著したギュスターヴ・フローベール（一八二一―八〇）とが生きた時空は、本書の中心人物であるシャルル＝オーギュスト＝ルイ＝ジョゼフ・ド・モルニー（一八一一―六五）のそれと大きく重なるのだから。

あるいは、「第二帝政期」と呼ばれる一八五二年から一八七〇年までのフランス社会が題材としてより前面化しているという意味では、本書と『凡庸な芸術家の肖像』に、『「ボヴァリー夫人」論』ではなく一九八五年の『物語批判序説』を加えた三冊を蓮實の「第二帝政期シリーズ」と呼ぶこともできる。とはいえいずれにせよ、蓮實の映画批評を主に愛読してきた読者はもしかしたら、フランス史にはなじみがないからという理由で本書に近寄りがたさを覚えてしまうかもしれない。その印象が杞憂にすぎないことを、本文よりも解説をさきに読んでしまう読者に対して示すことも、フランス史が専門というわけではない私に課せられた任務のひとつであろう。ゆえにまず、本書とは題材的にも時間的にも隔たった蓮實の文章を引用してみることにする。

『イングロリアス・バスターズ』(二〇〇九)という題名ほど、クエンティン・タランティーノにふさわしいものもまたとあるまい。いたるところで始末に負えぬ悪童ぶりを発揮してまわるこの傍若無人な映画作家は、自分自身を文字通り「不名誉」な「非嫡出子」と自覚しているはずだからである。実際、授業料も結構高いはずの有名大学で映画の講義など受けたりしたルーカスやスピルバーグにくらべてみると、レンタルビデオ・ショップのかたすみで劣悪な画質のＶＨＳばかりを見ていたタランティーノの育ちの悪さは歴然としている。あたかもそんな身分のいかがわしさを誇示するかのように、エンツォ・G・カステラーリ監督、ボー・スベンソン主演のイタリアの戦争映画のアメリカ公開時の題名 *The Inglorious Bastards*（一九七八）にオマージュを捧げつつそれと区別するためだとはいえ、まるでケアレス・ミスのような呆気なさで、彼は自作の題名を *Inglourious Basterds* と出鱈目に綴ってみせる。

文面から窺えるとおり、これはクエンティン・タランティーノ監督の『イングロリアス・バスターズ』の日本公開時に蓮實が著した批評の冒頭である（『映画時評 2009-2011』所収）。本書のキーワードである「私生児」が、ここでは――現行の民法に沿うかたちで――「非嫡出子」へ改められているところに、ふたつのテクストを隔てる十八年の歳月を感じられる。逆に言えば、そうした題材的および時間的な隔たりがあるにもかかわらず、両者のあいだの主題論的な親近性は明白である。第一に、ド・モルニーもまたひとりの「私生児」であり、第二に、彼は里親から受け継いだ姓「ドモルニー」に対して、「ド」を「モルニー」から切り離し、そこにいささか貴族めいた色調を漂わせ」るという「個人的な修正」を施している（一五頁）。すなわち、〝Demorny〟から〝de Morny〟へ綴りをわずかに変えることで、「旧制度いらいの出身と血統の正当性の保証を模倣しつつ漂わせている貴族的な雰囲気」(一二五頁) を呆気なく我が物としたわけである。そして第三に、ド・モルニーの頻繁な歌劇場通いについて語る蓮實の以下の一文は、「レンタルビデオ・ショップのかたすみ」と似かよった空気を醸している。「しばしば言われるように、それが純粋に貴族的な趣味だとは俄かには断じがたいが、いくぶんか悪と退廃の香りが漂わぬでもない「帝国」の暗部に、人目をはばからず堂々と出入りしてみせるといったあたりが、いかにもド・モルニーらしいのかもしれない」(九二頁)。

もっとも、のちに皇帝となるルイ＝ナポレオン・ボナパルト (一八〇八―七三) の義弟というド・モルニーの出自を本書は「高貴な「私生児」」(一六頁) と形容しているので、「不名誉」な「非嫡出子」とのあいだに一線が画されているようにも見える。しかし注目すべきは、さきの『イングロリアス・バスターズ』評で蓮實が「映画こそ、西欧芸術の伝統から思いきり逸脱した「不名誉」な「非嫡出子」にほかならぬ」と述べていたことであり、また本書では、十九世紀中葉のフランスが「「まがいもの」の「シミュラークル」こそが唯一の政治的な現実」となるような時代の始まりに位置づけられていることである (六八頁)。「シミュラークル」とは、「模倣すべき「モデル (オリジナル)」を持たない「イメージ」」を指す概念であるが (六七頁)、そのような「まがいもの」が支配する世界においては、「高貴」な「私生児」と「不名誉」な「非嫡出子」との差異はたちまち曖昧になってしまうだろう。蓮實にとっての映画は、したがって、あくまでも第二帝政期と地続きの時空に生まれ落ちたものである。

いや、実のところ、本書でも言及される蓮實の一九八九年の著書『小説から遠く離れて』には「虚構の散文という形式におさまる小説は、美学的な私生児性をその最大の活力として時代を征服した」と書かれていたし、『「ボヴァリー夫人」論』ではフローベールの一八五二年の手紙に見られる「散文は昨日生れたもの」という言葉が重視されていたのだから、映画批評家にして文芸批評家にしてフランス文学者という蓮實の多様な諸側面はすべて第二帝政期以後という時空に規定されているとさえ言えるかもしれない。本書がルイ＝ナポレオンとド・モルニーという義兄弟に焦点を据えつつ論じるのは、まさにその第二帝政期がいかにして始まったかである。そして、ここが大事なのだが、蓮實にとってかくも重要な題材を扱う本書は、にもかかわらず、蓮實の著書のなかでもっとも軽快に読める本のひとつなのである。

＊

蓮實曰く、本書の「さしあたっての興味の中心」は、ド・モルニーが「義兄に請われて内務大臣に就任したばかりの一八五一年と、それを辞任して立法院議長に収まっていた一八六一年とに書かれた二つのまるで異質な文章を、［…］同じ書き手の同じ筆先が綴ったテクストとして読んでみること」にある（一三頁）。具体的には、前者は一八五一年十二月二日のルイ＝ナポレオンによるクーデタ当日に発表された「内務大臣ド・モルニー」という署名つきの行政文書であり、後者はド・モルニーが「ド・サン＝レミ」の筆名で執筆しジャック・オッフェンバック（一八一九—八〇）が作曲した一幕もののオペレッタ・ブッファ『シューフルーリ氏、今夜は在宅』である。これらを読むことが「興味の中心」なのだから、本書は「「第二帝政期」の政治的なメカニズムの分析でもなければ、「帝国」の陰謀に加担した黒幕ド・モルニーの伝記執筆を意図しているわけでもない」（八九頁）。

ということは、七月王政→二月革命→第二共和政→ルイ＝ナポレオンのクーデタ→第二帝政という、高校の世界史で習ったフランス近代史の流れを本書に取り組むまえに復習しておいたほうがいいのだろうか——そうした心配が不要なことは、本書を実際に読みはじめればすぐわかるはずである。なぜなら、クーデタの背景および推移に関する必要最低限の説明は本書に含まれており、なおかつその書きぶりがドラマティックでおもしろいからである。教科書に書いてあるくらい常識的な出来事であっても決して記述をゆるがせにしないあたりに、プロフェッショナリズムとも優しさとも呼べる蓮實らしさを私は感じてしまうのだが、それと同じものは、「以上のあらすじの紹介からも明らかなように、『シューフルーリ氏、今夜は在宅』の題材は、物語がさして重要な意味を持たないこの種のジャンルにあってもとりわけ他愛もないものだといわねばなるまい」(一一一頁)と一刀両断される運命にあるその「あらすじの紹介」がとても丁寧に書かれているところにも現れている。

私が聞き手を務めた二〇一七年のインタビューのなかで蓮實は、本書は東京大学教養学部と立教大学文学部で「一年がかりでド・モルニーの脚本を読み、じっくり時間をかけて書いたもの」であり、「授業での体験が色濃くしみ出ている」点において自らの著書のなかでも例外的だと述べていた。おそらくそれゆえに、第二帝政の端緒を開いた一八五一年のクーデタは『シューフルーリ氏、今夜は在宅』の筋書きを「それが書かれるよりも正確に十年前にあらかじめ実演してしまったものなのだ」(一三三頁)という本書の結論だけを取り出すと突拍子もなく思われかねない一方で、そこへ至るまでの論述は親切とさえ言えるほどに明晰である。したがって以下では、本書の内容をあらためて要約することはせず、かわりに本書から発展しうる議論の方向性をいくつか示すこととしよう。

先述のとおり比較的知名度の低い状態にながらく留まっていた本書は、蓮實について論じた文章においてさえ取り上げられることが少なかった。その数少ない例のひとつは、田中純の二〇一六年の論文「義兄弟の肖像」である。田中はそこで本書の魅力を次のように語っている。

「凡庸さ」をめぐる同様のシニカルなリアリズムに貫かれた『凡庸な芸術家の肖像』よりも、『帝国の陰謀』にいっそうの愛着を覚えてしまうのは、それが見事な「軽さ」を備えているからだろうか［…］。デュ・カン論や『「ボヴァリー夫人」論』を前にしたとき、その論述自体の「テクスト的現実」と四つに取り組むことの困難を否応なく感じさせられてしまうのに比べ、『帝国の陰謀』は「政治を非深刻化する政治性」という、それ自体は権力に関わる巨大な問題を、あっさりと、しかし、明快このうえない論理で、現在にまでつながる時代の「現実」として了解させる。これは『ルイ・ボナパルトのブリュメール十八日』と対にして読まれるべき［…］「政治」論の書なのである。

最後の「政治」に鉤括弧がついているのはおそらく、この引用以後の議論の焦点が、蓮實が東京大学の教養学部長ないし総長として携わった広義の「政治」に据えられるためである。「「陰謀」めいた気配」と「政治的義兄弟性」とを田中が感じとるその「政治」において、蓮實とともに「義兄弟」に見立てられたもうひとりはいったい誰なのか——答えが気になる方はぜひ、田中の論文に直接あたって確かめていただきたい。

本書は『ルイ・ボナパルトのブリュメール十八日』（一八五二）——一八五一年のクーデタをカール・マルクス（一八一八—八三）が同時代人として分析した成果——と「対にして読まれるべき」だという田中の意見には私も完全に同意する。しかし、本書を日本の批評史という観点から読む場合には、植村邦彦による『ブリュメール十八日』初版の訳が一九九六年に太田出版から刊行された際に柄谷行人が寄せた「表象と反復」という論文がより重要な比較対象となるだろう（植村の訳は柄谷の付論ともども二〇〇八年に平凡社ライブラリーに収められた）。

柄谷によれば、『ブリュメール十八日』は「一八七〇年代以後の帝国主義、一九三〇年代のファシズムのみならず、一九九〇年代における新たな情勢にかんしても本質的な洞察を可能にするヒントに充ちている」。この六十年周期のリズムは、本書で言われる「反復」とはまったく異なるかに見えて、実のところ蓮實の他のテクストから同様のリズムを読みとることは可能だと私は考えている。とはいえやはり、「マルクスが［…］理論的に分析したボナパルティズムと、歴史上のルイ・ボナパルトやフランス第二帝政とを区別しなければならない」と唱える柄谷と、『ブリュメール十八日』を「ある種の現実感の希薄さが露呈している」（六二頁）と評する蓮實との資質の違いは否定しようもない。冷戦終結後を生きる批評家として一八五一年のクーデタにアプローチするという点ではふるまいが一致しているだけに、両者の絶妙な対照性を批評史の文脈に位置づけながら論じることはきっと意義深い仕事となるはずである。

しかしながら、私自身に関して言えば、本書を読むうえでの「さしあたっての興味の中心」は別のところにある。それは、ド・モルニーの性格が語られる際に現れる「シニカルな日和見主義」(六一頁)という言葉である。

＊

蓮實は、一九九九年に刊行された山内昌之との対談集『20世紀との訣別』において、本書を著した動機を「人々がこれだけポストモダン、ポストモダンと騒いでいるのに、ポストモダンの最初の典型みたいなモルニー公のことを誰もやらないのは変だ、そうしたら先にやっておこう、ということ」なのだと説明している。たしかに本書のなかにも、「フランスの「第二帝政期」と日本のポスト産業化社会とのひそかな通底性」(一三頁)とか「人がポストモダン的と呼びもするだろう二十世紀末の芸術概念」(一一四頁)といったフレーズが含まれていた。ということは、「シニカルな日和見主義」もまた「ポストモダンの最初の典型」なのだろうか。そうだとすると、ド・モルニーを理解することは一気にたやすくなるようにも思われる。たとえば、優れたポストモダン論として定評のある東浩紀の

『動物化するポストモダン』（二〇〇一）も、ポストモダンとシニシズムとの関係をペーター・スローターダイクの『シニカル理性批判』（一九八三）やスラヴォイ・ジジェクの『イデオロギーの崇高な対象』（一九八九）を参照しつつ整理していたのだから。

「歴史にとっていささかも本質的ではないし、微笑とともにいつでもやりすごすことのできるごく凡庸な脇役にすぎない」（一三四—一三五頁）と本書の末尾で言われるド・モルニーにとっては、もしかしたら、ポストモダン論の図式への収まりやすさは恥ずべきものなどではなく、むしろ「シニカルな日和見主義」の名のもとに進んで選びとるべきものなのかもしれない。ところが、この解釈を携えて本書を読んでみると、ド・モルニーの「余裕ある大胆さ、あるいは果敢な冷静さといったイメージ」（四七頁）に刺さった小さな棘が、実は最後まで抜かれずに残っていたことに気づかされる。それはたとえば、『シューフルーリ氏、今夜は在宅』というテクストの背景に関する説明の直後に配された以下の一文にある。

政治的な野心とは無縁でありながらも、発想と決断の才能には恵まれたシニカルな勝負師として、「嫡子」たる義兄を皇帝の座に送りこんだ「私生児」が、立法院議長という名誉職に甘んじて「帝国の祝祭」に彩りを添えることになった深い諦念を、こうした手

すさびで紛らわせようというのだろうか。（九七頁、傍点原文［以下同様］）

この疑問文への明確な答えは本書では与えられていない。いや、否定的な答えが最後に与えられたと解釈すべきなのかもしれないが、本書を俯瞰的に捉えようとすると、「微笑とともにいつでもやりすごすことのできるごく凡庸な脇役」でありつづけていたはずのド・モルニーが、この一文の前後において、主役のような顔と曖昧ならざる輪郭とを一瞬だけまとったように感じられてしまう。率直に言って、私はこの一文を読んだとき、思わず、ビリー・ワイルダー監督の『サンセット大通り』（一九五〇）の最後のシークェンスを脳裡に浮かべたのであった。

私の連想を導いたのは、一九八八年に刊行された淀川長治と山田宏一と蓮實の鼎談集『映画千夜一夜』における以下のくだりである。

淀川　［…］やっぱり馬脚をあらわさないね、蓮實先生は（笑）。ヘンリー・フォンダは嫌いだ言うても、それは正統派でしょう（笑）。もっと変なのが好きにならないの、この人は。にくらしいね（笑）。この人はいつまでもにせ紳士ね、にせ伯爵ね（笑）。すましているんだもの（笑）。

山田　にせ伯爵、カラムジン。『愚なる妻』のエーリッヒ・フォン・シュトロハイム（笑）。
淀川　ぼくは、シュトロハイム、好きなの。変だね。

このくだりは、二〇一六年に蓮實が発表した小説『伯爵夫人』が三島由紀夫賞を受賞した際の記念インタビューで言及されて注目を集めたものでもある。なにしろ『伯爵夫人』という題名の由来のひとつが、淀川から授けられ蓮實が「大変誇りに思ってい」た異名にあったのだから。インタビューで蓮實が補足するとおり、「カラムジンとはエリッヒ・フォン・シュトロハイム監督の『愚なる妻』（一九二二）で、シュトロハイム自身が演じた破戒無慙な偽伯爵なのです」。

もちろんド・モルニーは、「冷血無比の厳格さ」（八六頁）を備えてはいても「破戒無慙」ではありえない。しかしそもそも、『愚なる妻』のカラムジンがたしかに「破戒無慙」である一方で、淀川が命名した「にせ伯爵」は「馬脚をあらわさ」ずに「正統派」として「すましている」のだから、後者は「いかにもド・モルニーらしい」と形容できそうに感じられる。加えて見逃しがたいのは、オーストリアの某伯爵家の息子と自らを称していたシュトロハイムが、実際には、ウィーンの中流階級に属するユダヤ人として婦人帽子店を営んでいたベンノ・シュトロハイムが妻ヨハンナとのあいだにもうけた子であったという事実である。すなわち、大西洋を渡るべく一九〇九年にブレーメンから蒸気船に乗った二十四歳の移民エリッヒ・オスヴァルト・シュトロハイムは、米国の土を踏むころにはエリッヒ・フォン・シュトロハイム（Erich von Stroheim）へ変貌しており、蓮實の言う「旧制度いらいの出身と血統の正当性の保証を模倣しつつ漂わせている貴族的な雰囲気」を前置詞「フォン」の挿入によって呆気なく我が物としたわけである（Koszarski, *Von* を参照のこと）。

『愚なる妻』の自己言及的なしかけをとおして「破戒無慙な偽伯爵」のイメージと戯れていたシュトロハイムは、しかしながら、「シニカルで原則を欠いた妥協の風土」（一二五頁）とは無縁の執念深い完璧主義者でもあったためハリウッドのスタジオから冷遇されるに至り、一九三六年以降は主にヨーロッパの映画に出演する俳優として生計を立てるようになった。一九五〇年に公開された『サンセット大通り』は、俳優シュトロハイムのハリウッドでの最後の仕事である。以上の経緯を知れば、『サンセット大通り』の最後のシークェンスがグロテスクなまでに自己言及的であることも明らかになるはずだが、立ち入った解説はここではしないでおこう。私が言いたかったのはただ、あのシークェンスにおけるシュトロハイムが、「破戒無慙な偽伯爵」にふさわしい鬼気をみなぎらせているというよりはむしろ、与えられた役柄に甘んじてハリウッドの「絢爛豪華」（蓮實『ハリウッド映画史講義』）なイメージに「彩りを添えることになった深い諦念を、こうした手すさびで紛らわせようと」しているかに思われてならないということである。こうした手すさびで

「偽伯爵」というカテゴリーからシュトロハイム＝蓮實＝ド・モルニーという等式を導くことは、「シニカルな日和見主義」をジジェク流のポストモダン論の図式に位置づけることと同じくらい私たちを安心させてくれる。「シニカルで原則を欠いた妥協の風土」はそうした安心感を促進しさえするかもしれない。にもかかわらず、「曖昧で希薄であるがゆえに「私生児」的なものと思われがちなこの現実を無視することが、歴史そのものを抽象化しかねない時代が、フランスの「第二帝政期」とともに始まっている」（一三五頁）ことを最後に告げる本書には、「歴史そのものを抽象化」することの安心感に私たちを浸らせまいとする要素がいくつも含まれている。言い換えれば、シュトロハイムがつねに「偽伯爵」でありつづけたわけではないのと同様に、ド・モルニーがつねにド・モルニー的なイメージに収まりつづけたわけではないことを本書は何度か私たちに伝えている。それらの要素が十全に読みとられたあかつきには、「シニカルな日和見主義」もきっと、もはやポストモダンなのかもよくわからなくなってしまった現在の世界を生きるためのひとつの指針という新たな相貌を帯びはじめるだろう。

（いりえ・てつろう　東京大学大学院博士後期課程　アメリカ思想史、映画批評）

文献表

Koszarski, Richard. *Von: The Life and Films of Erich von Stroheim*. New York: Limelight Editions, 2001.

東浩紀『動物化するポストモダン――オタクから見た日本社会』、講談社現代新書、二〇〇一年。

柄谷行人「表象と反復」、マルクス『ブリュメール18日』所収、二六七―三〇八頁。

工藤庸子編『論集 蓮實重彥』、羽鳥書店、二〇一六年。

田中純「義兄弟の肖像――『帝国の陰謀』とその周辺をめぐって」、工藤編『論集』所収、四六―五六頁。

蓮實重彥『小説から遠く離れて』、河出文庫、一九九四年。

――『映画時評 2009-2011』、講談社、二〇一二年。

――『「ボヴァリー夫人」論』、筑摩書房、二〇一四年。

――「小説が向こうからやってくるに至ったいくつかのきっかけ」（インタビュー）、『新潮』第一一三巻第七号、新潮社、二〇一六年七月、一四八―一五四頁。

――「「そんなことできるの?」と誰かに言われたら「今度やります」と答えればいいのです」（インタビュー、聞き手・構成：入江哲朗）、『ユリイカ』第四九巻第一七号、青土社、二〇一七年一〇月、八―三九頁。

――『ハリウッド映画史講義――翳りの歴史のために』、ちくま学芸文庫、二〇一七年。

蓮實重彦＋山内昌之『20世紀との訣別――歴史を読む』、岩波書店、一九九九年。

マルクス、カール『ルイ・ボナパルトのブリュメール18日［初版］』植村邦彦訳、平凡社ライブラリー、二〇〇八年。

淀川長治＋蓮實重彦＋山田宏一『映画千夜一夜』上下巻、中公文庫、二〇〇〇年。

本書は、一九九一年九月十九日に日本文芸社より刊行された。

悲劇の死

ジョージ・スタイナー
喜志哲雄／蜂谷昭雄訳

現実の「悲劇」性が世界をおおい尽くしたとき、劇形式としての悲劇は死を迎えた。二〇世紀の悲惨を目のあたりにして描く、壮大な文明批評。

哲学ファンタジー

レイモンド・スマリヤン
高橋昌一郎訳

論理学の鬼才が、軽妙な語り口ながら、切れ味抜群の思考法で哲学から倫理学まで広く論じた対話篇。哲学することの魅力を堪能しつつ、思考を鍛える！

ハーバート・スペンサー コレクション

ハーバート・スペンサー
森村進編訳

自由はどこまで守られるべきか。リバタリアニズムの源流となった思想家の理論の核が凝縮された論考を精選し、平明な訳で送る。文庫オリジナル編訳。

ナショナリズムとは何か

アントニー・D・スミス
庄司信訳

ナショナリズムは創られたものか、それとも自然なものか。この矛盾に満ちた心性の正体を、世界的権威が徹底的に解説する。最良の入門書、本邦初訳。

反解釈

スーザン・ソンタグ
高橋康也他訳

《解釈》を偏重する在来の批評に対し、《形式》を感受する官能美学の必要性をとき、理性や合理主義に対する感性の復権を唱えたマニフェスト。

ニーチェは、今日？

デリダ／ドゥルーズ／リオタール／クロソウスキー
林好雄ほか訳

クロソウスキーの〈陰謀〉、リオタールの〈メタモルフォーズ〉、ドゥルーズの〈脱領土化〉、デリダの〈脱構築的読解〉の白熱した討論。

声と現象

ジャック・デリダ
林好雄訳

フッサール『論理学研究』の綿密な読解を通して、「脱構築」「痕跡」「差延」「代補」「エクリチュール」など、デリダ思想の中心的〝操作子〟を生み出す。

歓待について

ジャック・デリダ
アンヌ・デュフールマンテル序論
廣瀬浩司訳

異邦人＝他者を迎え入れることはどこまで可能か？ギリシャ悲劇、クロソウスキーなどを経由し、この喫緊の問いにひそむ歓待の（不）可能性に挑む。

省察

ルネ・デカルト
山田弘明訳

徹底した懐疑の積み重ねから、確実な知識を探り世界を証明づける。哲学入門者が最初に読むべき、近代哲学の源泉たる一冊。詳細な解説付新訳。

哲学原理
ルネ・デカルト
山田弘明／吉田健太郎／久保田進一／岩佐宣明 訳・注解

『省察』刊行後、その知のすべてが記された本書は、デカルト形而上学の最終形態といえる。第一部の新訳と解題・詳細な解説を付す決定版。

方法序説
ルネ・デカルト
山田弘明 訳

「私は考える、ゆえに私はある」。近代以降すべての哲学は、この言葉で始まった。世界中で最も読まれている哲学書の完訳。平明な徹底解説付。

宗教生活の基本形態（上）
エミール・デュルケーム
山﨑亮 訳

宗教社会学の古典的名著を清新な新訳で。オーストラリアのトーテミスムにおける儀礼の研究から、宗教の本質的要素＝宗教生活の基本形態を析出する。

宗教生活の基本形態（下）
エミール・デュルケーム
山﨑亮 訳

「最も原始的で単純な宗教」の分析から、宗教を、社会を「作り直す」行為の体系として位置づけ、20世紀人文学の原点となった名著。詳細な訳者解説を付す。

社会分業論
エミール・デュルケーム
田原音和 訳

人類はなぜ社会を必要としたか。社会はいかにして発展するか。近代社会学の嚆矢をなすデュルケーム畢生の大著を定評ある名訳で送る。（菊谷和宏）

公衆とその諸問題
ジョン・デューイ
阿部齊 訳

大衆社会の到来とともに公共性の成立基盤は衰退した。民主主義は再建可能か？　プラグマティズムの代表的思想家がこの難問を考究する。（宇野重規）

旧体制と大革命
A・ド・トクヴィル
小山勉 訳

中央集権の確立、パリ一極集中、そして平等を自由に優先させる精神構造——フランス革命の成果は、実は旧体制の時代にすでに用意されていた。

ニーチェ
G・ドゥルーズ
湯浅博雄 訳

〈力〉とは差異にこそその本質を有している——ニーチェのテキストを再解釈し、尖鋭なポスト構造主義的イメージを提出した、入門的な小論考。

カントの批判哲学
G・ドゥルーズ
國分功一郎 訳

近代哲学を再構築してきたドゥルーズが、三批判書を追いつつカントの読み直しを図る。ドゥルーズ哲学が形成される契機となった一冊。新訳。

基礎づけるとは何か
ジル・ドゥルーズ
國分功一郎／長門裕介／西川耕平編訳
より幅広い問題に取り組んでいた、初期の未邦訳論考集。思想家ドゥルーズの「企画の種子」群を紹介し、彼の思想の全体像をいま一度描きなおす。

スペクタクルの社会
ギー・ドゥボール
木下誠訳
状況主義――「五月革命」の起爆剤のひとつとなった芸術＝思想運動――の理論的支柱で、最も急進的かつトータルな現代消費社会批判の書。

論理哲学入門
E・トゥーゲントハット／U・ヴォルフ
鈴木崇夫／石川求訳
論理学とは何か。またそれは言語や現実世界とどんな関係にあるのか。哲学史への確かな目配りと強靭な思索をもって解説するドイツの定評ある入門書。

ニーチェの手紙
茂木健一郎編・解説
塚越敏／眞田収一郎訳
哲学の全歴史を一新させた偉人が、思いを寄せる女性に綴った真情溢れる言葉から、手紙に残した名句まで――書簡から哲学者の真の人間像と思想に迫る。

存在と時間 上・下
M・ハイデッガー
細谷貞雄訳
哲学の根本課題、存在の問題を、現存在としての人間の時間性の視界から解明した大著。刊行時すでに哲学の古典と称された20世紀の記念碑的著作。

ドストエフスキーの詩学
ミハイル・バフチン
望月哲男／鈴木淳一訳
ドストエフスキーの画期性とは何か？《ポリフォニー論》と《カーニバル論》という、魅力にみちた二視点を提起した先駆的著作。（望月哲男）

表徴の帝国
ロラン・バルト
宗左近訳
「日本」の風物・慣習に感嘆しつつもそれらを〈零度〉に解体し、詩的素材としてエクリチュールとシーニュについての思想を展開させたエッセイ集。

エッフェル塔
ロラン・バルト
宗左近／諸田和治訳
伊藤俊治図版監修
塔によって触発される表徴を次々に展開させることで、その創造力を自在に操る、バルト独自の構造主義的思考の原形。解説・貴重図版多数併載。

エクリチュールの零度
ロラン・バルト
森本和夫／林好雄訳註
哲学・文学・言語学など、現代思想の幅広い分野に怖るべき影響を与え続けているバルトの理論的主著。詳註を付した新訳決定版。（林好雄）

映像の修辞学
ロラン・バルト
蓮實重彦／杉本紀子訳
イメージは意味の極限である。広告写真や報道写真、そして映画におけるメッセージの記号を読み解き、意味を探り、自在に語る魅惑の映像論集。

ロラン・バルト 中国旅行ノート
ロラン・バルト
桑田光平訳
一九七四年、毛沢東政権下の中国を訪れたバルトの旅行の記録。それは書かれなかった中国版「記号の国」への覚書だった。新草稿、本邦初訳。（小林康夫）

ロラン・バルト モード論集
ロラン・バルト
山田登世子編訳
エスプリの弾けるエッセイから、初期の金字塔『モードの体系』に至る記号学的モード研究まで。初期のバルトの才気が光るモード論考集。オリジナル編集・新訳。

呪われた部分
ジョルジュ・バタイユ
酒井健訳
「蕩尽」こそが人間の生の本来的目的である！ 思想界を震撼させ続けたバタイユの主著、45年ぶりの待望の新訳。沸騰する生と意識の覚醒へ！

エロティシズム
ジョルジュ・バタイユ
酒井健訳
人間存在の根源的な謎を、鋭角で明晰な論理で解き明かす、バタイユ思想の核心。禁忌とは、侵犯とは何か？ 待望久しかった新訳決定版。

宗教の理論
ジョルジュ・バタイユ
湯浅博雄訳
聖なるものの誕生から衰滅までをつきつめ、宗教の根源的核心に迫る。文学、芸術、哲学、そして人間にとって宗教の〈理論〉とは何なのか。

純然たる幸福
ジョルジュ・バタイユ
酒井健編訳
著者の思想の核心をなす重要論考20篇を収録。文庫化にあたり「クレー」「ヘーゲル弁証法の基底への批判」「シャプサルによるインタビュー」を増補。

エロティシズムの歴史
ジョルジュ・バタイユ
湯浅博雄／中地義和訳
三部作として構想された『呪われた部分』の第二部。荒々しい力〈性〉の禁忌に迫り、エロティシズムの本質を暴く、バタイユの真骨頂たる一冊。（吉本隆明）

エロスの涙
ジョルジュ・バタイユ
森本和夫訳
エロティシズムは禁忌と侵犯の中にこそあり、それは死と切り離すことができない。二百数十点の図版で構成されたバタイユの遺著。（林好雄）

なぜ、植物図鑑か　中平卓馬

映像に情緒性・人間性は不要だ。図鑑のような客観的視線を獲得せよ！　日本写真の'60〜'70年代を牽引した著者の幻の評論集。（八角聡仁）

監督　小津安二郎〔増補決定版〕　蓮實重彥

小津映画の魅力は何に因るのか。人々を小津的なものの神話から解放し、現在に小津を甦らせた画期的著作。一九八三年版に三章を増補した決定版。

ハリウッド映画史講義　蓮實重彥

「絢爛豪華」の神話都市ハリウッド。時代と不幸な関係をとり結んだ「一九五〇年代作家」を中心に、その崩壊過程を描いた独創的映画論。（三浦哲哉）

美術で読み解く　新約聖書の真実　秦剛平

西洋名画からキリスト教を読む楽しい3冊シリーズ。新約聖書篇は、受胎告知や最後の晩餐などのエピソードが満載。カラー口絵付オリジナル。

美術で読み解く　旧約聖書の真実　秦剛平

名画から聖書を読む「旧約聖書」篇。天地創造、アダムとエバ、洪水物語。人類創始から族長・王達の物語を美術はどのように描いてきたのか。

美術で読み解く　聖母マリアとキリスト教伝説　秦剛平

キリスト教美術の多くは捏造された物語に基づいていた！　マリア信仰の成立、反ユダヤ主義の台頭など、西洋名画に隠された衝撃の歴史を読む。

美術で読み解く　聖人伝説　秦剛平

聖人100人以上の逸話を収録する『黄金伝説』は、中世以降のキリスト教美術の典拠になった。絵画・彫刻と対照させつつ聖人伝説を読み解く。

イコノロジー研究（上）　E・パノフスキー　浅野徹ほか訳

芸術作品を読み解き、その背後の意味と歴史的意識を探求する図像解釈学。人文諸学に汎用されるこの方法論の出発点となった記念碑的名著。

イコノロジー研究（下）　E・パノフスキー　浅野徹ほか訳

上巻の、図像解釈学の基礎論的「序論」と「盲目のクピド」等各論に続き、下巻は新プラトン主義と芸術作品の相関に係る論考に詳細な索引を収録。

〈象徴形式《シンボル》〉としての遠近法
エルヴィン・パノフスキー
木田元監訳
川戸れい子／上村清雄訳

透視図法は視覚とは必ずしも一致しない。それはいわばシンボル的な形式なのだ――。世界表象のシステムから解き明かされる、人間の精神史。

見るということ
ジョン・バージャー
飯沢耕太郎監修
笠原美智子訳

写真の登場で、人間は膨大なイメージに取り囲まれ、歴史や経験との対峙を余儀なくされた。見るという行為そのものに肉迫した革新的美術論集。

イメージ
ジョン・バージャー
伊藤俊治訳

イメージが氾濫する現代、「ものを見る」とはどういう意味をもつか。美術史上の名画と広告とを等価に扱い、見ること自体の再検討を迫る名著。

バルトーク音楽論選
ベーラ・バルトーク
伊東信宏／太田峰夫訳

中・東欧やトルコの民俗音楽研究、同時代の作曲家についての批評など計15篇を収録。作曲家バルトークの多様な音楽活動に迫る文庫オリジナル選集。

新編 脳の中の美術館
布施英利

「見る」に徹する視覚と共感覚に訴える視覚。ヒトの二つの視知覚形式から美術作品を考察する、芸術論へのまったく新しい視座。（中村桂子）

秘密の動物誌
フォンクベルタ／フォルミゲーラ
荒俣宏監修
管啓次郎訳

光る象、多足蛇、水面直立魚――謎の失踪を遂げた動物学者によって発見された「新種の動物」とは。世界を騒然とさせた驚愕の書。（茂木健一郎）

ブーレーズ作曲家論選
ピエール・ブーレーズ
笠羽映子編訳

現代音楽の巨匠ブーレーズ。彼がバッハ、マーラー、ケージなど古今の名作曲家を個別に考察した音楽論14篇を集めたオリジナル編集。

ワーグナーとニーチェ
フィッシャー＝ディースカウ
荒井秀直訳

響き合い、互いの創作を高めあい、別れゆくふたりの鬼才。不世出のバリトン歌手が、若き日のニーチェを音楽の面から捉えなおした名著。（茂木健一郎）

図説 写真小史
ヴァルター・ベンヤミン
久保哲司編訳

写真の可能性と限界を考察し初期写真から同時代の作品まで通観した傑作エッセイ「写真小史」と、関連の写真図版・評論を編集。（金子隆一）

ちくま学芸文庫

帝国《ていこく》の陰謀《いんぼう》

二〇一八年十二月十日　第一刷発行

著　者　蓮實重彦（はすみ・しげひこ）
発行者　喜入冬子
発行所　株式会社　筑摩書房
東京都台東区蔵前二―五―三　〒一一一―八七五五
電話番号　〇三―五六八七―二六〇一（代表）
装幀者　安野光雅
印刷所　中央精版印刷株式会社
製本所　中央精版印刷株式会社

乱丁・落丁本の場合は、送料小社負担でお取り替えいたします。
本書をコピー、スキャニング等の方法により無許諾で複製することは、法令に規定された場合を除いて禁止されています。請負業者等の第三者によるデジタル化は一切認められていませんので、ご注意ください。
© SHIGUÉHIKO HASUMI 2018　Printed in Japan
ISBN978-4-480-09895-5 C0122